Bibliografische Information der Deutschen Nationalbibliothek: Die Deutsche Nationalbibliothek verzeichnet diese Publikation in der Deutschen Nationalbibliografie. Detaillierte bibliografische Daten sind im Internet über http://dnb.d-nb.de abrufbar.

Copyright : November 2017 - Wolfgang Pein

Herstellung und Verlag:

BoD – Books on Demand, In de Tarpen 42

D – 22848 Norderstedt - Germany -

ISBN-Nr. 9783746037028

Wolfgang Pein

ein tödlicher Workshop

- ein Kriminal - Roman -

Prolog:

Haben sie auch den Wunsch, Neues zu entdecken? Möchten nicht auch sie neue Städte und Länder kennen lernen und nette Menschen?

Wenn sie nicht überzeugt sind, dies allein zu schaffen, weil zum Beispiel der „Links-Verkehr" in einigen Ländern nicht ihre Sache ist, dann reisen sie doch „in der Gruppe".

Die **Gruppenreise** ist doch voll geplant – von erfahrenen Menschen, deren Beruf dies ist – hofft man jedenfalls. Sie brauchen sich um „fast" nichts zu kümmern. Packen sie ihren Koffer, vergessen sie nicht ihre Ausweispapiere (und ihre Medikamente) und nehmen sie Platz – los geht`s.

In diesem Roman hier führt die Reise nach Norden, genauer gesagt – nach **Nordirland** und **Schottland**. Das sind beides Länder, die Reisevergnügen pur versprechen – **normalerweise ....!**

Reiseplanungen

Hinter ihm lag ein erfolgreiches Jahr - ein sehr arbeits-intensives Jahr. Die Berufsjahre hatte er schon eine längere Zeit hinter sich gelassen - viele Jahre mit Freud und Leid, was manche Berufssparten eben mit sich bringen.

In einigen Berufen kann man es sich nicht immer aussuchen, was einem so auf den Tisch gelegt wird, schon gar nicht bei der Justiz, die Tag für Tag Dinge sichtbar macht, die wohl die meisten Mitbürger nicht für möglich halten würden.

Horst von Parag aber hat seinen Frieden gefunden, Frieden in seinem Hobby, das ihn seit seinem Arbeitsende nunmehr voll ausgefüllt hat. Hobby-Autor war er schon einige Zeit zuvor - auch schon während seiner Dienstzeit, und sein Fazit ist: „Ich hätte jetzt gar keine Zeit mehr zum arbeiten".

Er schmunzelte bei dem Gedanken an die Anfänge, als er sein erstes Buch veröffentlicht hat. Und ganz besonders dachte er daran, dass er einen Antrag dafür stellen musste – mit einem ganz speziellen Antragsformular, das damals wie folgt in einem supertollen Behördendeutsch vor ihm lag:

„Antrag auf Genehmigung einer nicht genehmigungs-pflichtigen Nebentätigkeit im schriftstellerischen Bereich".

Da sage man mal nichts negatives, wenn es so schöne Formulare gibt, bei denen die Genehmigung schon beim Ausfüllen ersichtlich ist. Nicht wenige Menschen dürften da mit manchen Formularen so ihre eigenen Erfahrungen gemacht haben, die für sie nicht ganz so erfreulich waren.

Außer seinen bereits veröffentlichten Büchern, die inzwischen Bereiche vom Kinderbuch über Reisebeschreibungen, tierische Abenteuer-Geschichten und Kriminalromane umfassen, waren für ihn und seine Frau immer schon die nordischen Länder besondere Anziehungspunkte. Die beiden lieben keine heiße Sonnenbestrahlung, keine Sandstrände, auf denen man sich die Fußsohlen verbrennt.

Mit der Auswahl der nordischen Länder wie Norwegen, Irland und Schottland, da konnte manche Tube Sonnencreme eingespart werden, obwohl auch dort die Sonne schon mal zeigen kann, was sie drauf hat - aber diese Zeiten sind da eher übersichtlich.

Die letzte große Reise war im September 2016, und die führte – wieder einmal – in die Highlands von Schottland   – eine sehr abenteuerliche Reise.

Und er hatte das Gefühl, dass es gar nicht mehr so lange dauern sollte, bis ein neues Abenteuer beginnt.   Er kämpfte nämlich mit sich, entweder auch über Schottland einen Reisebericht zu schreiben oder einen Roman.

Im Kopf hatte er sich schon für Schottland als erneutes Reiseland entschieden.   Das war das nächste, was er mit seiner Frau bereden würde. Danach wird auch die Entscheidung fallen, wie das nächste Projekt aussieht.

----

ein spezieller Fan

Kann man an zwei Orten gleichzeitig sein? Speziell betrachtet war dies hier der Fall. Nein - körperlich, das geht wohl nicht, aber Horst von Parag's fanatischster Fan sah das irgendwie anders. Alle Bücher seines Lieblingsautors standen in seinen Regalen, und eines lag direkt vor ihm – aufgeschlagen.

Mehrmals hatte Henry den Roman „mit der Badehose" schon gelesen. Heute hatte er wieder einmal mit den Seiten ab 222 begonnen – und wie immer den Kopf geschüttelt. „Was für eine Fantasie", sagte sein Kopf. Schon mehr als oft, wohl an die hundert Male, hatte er versucht, noch einiges mehr über den – in seinen Augen – genialen Autor zu erfahren.

Gab es denn nicht einmal irgendwo eine Lesung mit dem Autor? Vor etwa drei Monaten hatte er seinen Job gekündigt – eigentlich ein guter Job. Henry konnte sich dies leisten, denn in den letzten Jahren hatte er so einiges zurück legen können. Aber in den letzten Wochen war er irgendwie aus der Spur geraten – gewaltig aus der Spur.

Henry konnte sich kaum noch auf etwas anderes konzentrieren, als auf die Geschichten in den Büchern, die in den Regalen standen, die auf dem Boden lagen, die sich vor ihm auf dem Schreibtisch stapelten.

Er hatte alle Reisen in den Büchern mit gemacht, auf den verschiedensten Landkarten, vor allem aber in seiner Fantasie. Oh ja - Fantasie, die hatte er genügend. Aber Henry merkte schon länger nicht mehr, wie er Schritt für Schritt in eine andere Welt abdriftete – eine Welt, die sich nur in ihm und in seinem Kopf in eine höchst eigene Welt umwandelte, sich nur ihm noch erschloss. Sein Körper allerdings fragte nach, ob es da noch etwas anderes als seine Schein-Bücher-Welt gibt, denn er machte sich mit einem lauten Knurren bemerkbar – der Magen meldete sich. Henry ging in die Küche, und sein Blick fiel auf die Bratpfanne, in der sich noch Reste der Rühreier befanden, die er sich schon zwei Tage zuvor zubereitet hatte. Danach hatte er bis jetzt nichts mehr zu sich genommen. Er schleppte sich mehr als er ging, öffnete den Kühlschrank – der war für jeden ersichtlich fast leer. Die restlichen Gurken im Glas waren bereits angeschimmelt, die Milch im Hartkarton schmeckte schon sauer.

Schwindel erfasste Henry, er fühlte noch, wie er den Halt zu verlieren drohte.   Sein Körper forderte Tribut, weil er so misslich behandelt bzw. vernachlässigt wurde.   Noch während Henry zu Boden glitt, griff er instinktiv nach seiner Infusions-Packung, auf die er schließlich schon längere Zeit angewiesen war.   Wahrscheinlich waren es nur einige Sekunden, bis er sonst in eine Ohnmacht gefallen und vielleicht nie wieder erwacht wäre, aber Henry schaffte es noch, sich die lebensrettende Spritze zu setzen.   Schwer atmend lag er auf dem Küchenboden, blieb dort liegen und schlief ein.

Reise - Entscheidung

Von Parag hatte für sein neues Projekt weitere Ideen gesammelt.   Nun mussten sich seine Ideen nur noch mit denen seiner Frau vereinigen Die Voraussetzungen dafür waren mehr als gut. Dem Gespräch über Zweck und vor allem Ziel der bevorstehenden Reise stand nichts mehr im Wege.

Von Parag und seine Frau hatten diesen Erörterungen eine gute Basis geliefert.   Die beiden hatten ihr Lieblings-Restaurant besucht und wieder einmal hervorragend gegessen.   Es gab Rib-Eye-Steaks mit grünen Bohnen und diversen Beilagen. Der Lieblingswein stand ebenfalls auf dem Tisch, und für von Parag erschienen wie von Zauberhand stets frisch gezapfte Gläser mit köstlich kühlem Altbier, wenn die Fülle des letzten Glases ihren Geist aufgegeben hatte.   Besondere Anforderungen waren da nicht mehr nötig - der bestens die Situation überblickende Kellner hatte alles im Griff.

Natürlich setzt man sich nach einigen Gläsern nicht mehr ans Steuer.   Es war eine schon unausgesprochene Routine, dass von Parag auf der Rückfahrt von diesem Event der Beifahrer war. An ausreichender Gerechtigkeit mangelte es nicht.

Nur zur Klarstellung, falls Frauenbeauftragte dieses lesen und eine Quote verlangen: Selbstverständlich fährt auch von Parag seine Frau nach Hause, wenn spezielle Anlässe vorliegen.

Schon im Restaurant hatten die beiden damit begonnen, die zukünftige Reise auszuloten. Dabei stellte sich heraus, dass von Parag`s Frau Elli wenig begeistert von einer Gruppenreise war. Das hatte er erwartet, denn diese kommende Reise sollte als Experiment gelten, da auch er ansonsten bis jetzt vehement Reisen solcher Art abgelehnt hatte. Mit unbekannten Personen auf so engem Raum angewiesen zu sein, das lag den beiden eigentlich gar nicht. Ihre Unternehmungen hatten sie stets zu zweit unternommen und waren dabei immer sehr gut gefahren.

Von Parag legte die Stirn in Falten, was ihm auch gelang – trotz der abendlichen Feuchtigkeitscreme. „Wie wäre es denn, wenn ich diese Tour allein mit der noch zusammen zu stellenden Gruppe unternehmen würde", sagte er und fügte schnell noch hinzu: „Ich sehe es natürlich viel lieber, wenn du auch dabei bist, aber ich kenne ja deine Einstellung zu diesen Dingen. Ich habe da aber eine Idee, wie wir beide diese Sache angehen können, wenn auch auf unterschiedlichen Wegen."

Elli stutzte zunächst, weil diese Situation und Sicht der Sache irgendwie völlig neu erschien, aber nur Sekunden später schmunzelte sie: „Da bin ich aber gespannt, wie denn diese unterschiedlichen Wege aussehen sollen – lass hören."

Inzwischen waren die beiden zu Hause angekommen und von Parag goss ihnen noch einen Gute-Nacht-Trunk ein, bevor er seinen Gedanken weiter aussprach.

„Sieh mal", begann er. „Deine Meinung zu solchen Reisen kenne ich ja und du auch die meine. Irgendwie kitzelt es mich aber, einen neuen Stoff für ein neues Buch zu erarbeiten, und da ist mir so eine Gruppenreise eingefallen, auch eben, weil ich selbst so etwas noch nie gemacht und keinerlei Erfahrung habe. Ich möchte mich dieser Herausforderung einfach stellen – sozusagen: meinen inneren Schweinehund überwinden."

„Ach so", schmunzelte Elli weiter. „Eine neue Herausforderung möchte der Herr also erleben. Kommen wir da etwa in bestimmte Jahre, wie man so sagt – Midlife Crisis etwa?"

Ein lautes und herzhaftes Lachen war seine Antwort. „Ach – Elli, du weißt doch genau, dass ich auch nach 30 Jahren am liebsten mit dir unterwegs bin."

Er rückte zu ihr heran und sah ihr auf kürzeste Entfernung in die Augen. „Eines sollst du wissen – ich werde das nicht machen, wenn du irgendwelche Bedenken hast. Aber ich habe da so eine Idee, wie wir beide profitieren können."

„Da bin ich aber sehr gespannt, was jetzt kommt", kommentierte Elli und sah ihren Mann lauernd an.

„Ich weiß doch, dass du sehr gerne wieder etwas mit deiner Tochter unternehmen würdest – so wie damals, als ihr in San Francisco gewesen seid. Ganz so weit muss es ja diesmal nicht sein. Ihr habt ja auch schon einmal ein paar Tage in Brügge in Belgien verbracht. Und ihr habt beide davon geschwärmt, welch schöne Zeit das war – auch um einmal etwas mehr als Kurzbesuche miteinander zu haben und zu erleben. Ich weiß noch sehr genau, wie du von dieser Zeit begeistert warst, auch wenn sie nur sehr kurz war."

„Daraus schließe ich", meinte Elli, „dass ich so eine Reise mit ihr wiederholen soll? Ist das deine Idee? Möchtest du damit eventuell ein schlechtes Gewissen beruhigen, weil du sozusagen allein auf Reisen gehen willst?"

„Wie gesagt", sagte er, „ich muss das nicht tun, aber es wäre, wie ich es sage, eine Möglichkeit."

Elli nahm ihren Mann liebevoll in den Arm und hauchte ihm ins Ohr: „Lieb, dass du in deiner Schwärmerei für dein neues Abenteuer daran denkst, dass ich keine Langeweile habe. Keine Angst, die hätte ich auch nicht, wenn ich hier bleibe. Aber deine Idee mit der Tochter-Reise, die gefällt mir."

Von Parag fiel ein Stein vom Herzen, auch wenn es nur ein sehr kleiner Kiesel war – schließlich kannte er seine Frau.

„Dann kann ich also an meiner Idee weiter feilen?", fragte er spitzbübisch.

Elli nickte zustimmend, und er goss zwei weitere Schlummer-Drinks ein. Der Sandmann würde heute noch etwas länger warten müssen, bis die beiden ihre Augen schließen.

Henry

Ihm war kalt - das war das erste, was ihm auffiel. Kein Wunder, denn Henry lag nach seinem Zusammenbruch auf den kalten Fliesen des Küchenbodens. Er hatte die Augen noch nicht ganz geöffnet, aber ihm war es, als ob er ein Licht sehen würde. Henry blinzelte etwas, das Licht wurde heller, es wurde fast unerträglich hell, so dass er unwillkürlich seine Augen sofort wieder schloss. Ihm schoss ein mächtig beunruhigender Gedanke durch den Kopf. Henry fürchtete sich und dachte:

„Bin ich schon tot, ist dies das helle Licht, von dem einige schon berichtet haben, dieses helle Licht, in das man hinein geht - im Übergang in ein anderes Reich?"

Ihn schauderte es gewaltig. Er überlegte, ob er seine Augen noch eine Weile geschlossen halten sollte. Aber würde das etwas ändern? Henry hörte ein Summen, auch darauf konnte er sich keinen Reim machen. Mit einem Ruck riss er seine Augen auf. Und musste sie im selben Moment wieder schließen, nur um sie dann ein paar Sekunden später wieder zu öffnen, diesmal für länger.

Dann brach Henry in ein schallendes Gelächter aus, was ganz und gar nicht zu seinen vorigen Befürchtungen passte. „Das gibt`s doch gar nicht. Was bin ich für ein Idiot! Ich liege vor meinem Kühlschrank! Ich habe Angst vor meinem eigenen Kühlschrank, nicht zu fassen!" Er konnte sich kaum beruhigen.

Nach und nach kamen bei ihm die Erinnerungen zurück, was geschehen war. Schließlich war es ihm jetzt nicht zum ersten Mal passiert, dass er in eine kurze Ohnmacht gefallen war, weil er wieder einmal nicht auf seinen Körper, wieder einmal nicht auf seine Gesundheit gehört hatte. Insulin war dann jedes Mal seine Rettung gewesen. Ohne diese für ihn lebenswichtige Spritze hätte er vielleicht oder sicherlich auch tatsächlich schon die raue Wirklichkeit erlebt – das mit dem gleißenden Licht und so.

Henry ordnete neben dem Kühlschrank-Licht jetzt auch das Brummen ein, das immer noch da war. Kein Wunder, denn das Gerät musste wohl enorm viel arbeiten, um Kälte zu erschaffen, weil die Tür ja seit Stunden offen stand. Das Gerät kämpfte enorm gegen die wärmere Küchentemperatur.

Henry fühlte noch immer diese Kälte, die nicht nur vom Liegen auf dem Fußboden her kam, sondern ja auch direkt aus dem Kühlschrank, wie er registrierte. Er legte sich ins Bett und zog sich die Decke fast bis über den Kopf, dann schlief er erneut ein – diesmal da, wo man zum schlafen hin gehört.

----

weitere Planungen

Das Frühstück im Hause von Parag erfolgte heute später als normal. Der gestrige Tag, der Abend, die Absacker und auch die Verspätung des Sandmannes hatten gefordert, dass ausreichender Schlaf nötig ist.

Horst und Elli saßen jetzt halbwegs erfrischt am Tisch und genossen den Duft und den Geschmack des Kaffees und der Spiegeleier, die mit ebenfalls duftendem Speck frisch aus der Pfanne kamen.

Von Parag sah seine Frau prüfend an.

„Elli, du weißt doch noch alles, worüber wir gestern am späten Abend gesprochen haben?"

Elli schüttelte nur den Kopf über diese Frage, um dann zustimmend zu nicken, da sie gerade einen großen Bissen von einem Brötchen genüsslich kaute. Als sie damit fertig war, schaute sie nun ihrerseits ihren Mann prüfend an.

„Schatz, sicher weiß ich noch alles ganz genau. Von gestern bis heute Morgen ist es ja auch noch nicht so lange her, dass ich das schon vergessen haben könnte, meinst du nicht auch?"

Von Parag nickte nun auch und innerlich war er froh, dass die Kommunikation auch nach über 30 Jahren noch so gut funktionierte - man sich immer noch über kleine Wortspielchen oder Neckereien amüsieren konnte.

Er stand auf, ging um den Tisch herum und küsste seine Frau auf den Mund, der wegen der Marmelade daran süße Spuren bei ihm hinterließ.

„Danke für diesen Nachtisch, Schatz", säuselte Elli. „Du kannst jetzt beruhigt weiter planen. Ich werde dann nachher unsere Tochter interviewen, ob das mit einer Reise mit ihr funktionieren kann. Was meinst du, welche Zeit hast du da im Sinn?"

„Ich denke da so an den kommenden Juni – das wäre unseren gemeinsamen Erfahrungen nach ein günstiger Monat für diese beiden nordischen Länder. Infrage käme da auch der September, aber eigentlich möchte ich nicht mehr so lange mit dieser Reise warten. Ich gebe zu, ich bin schon sehr neugierig auf diese neue Erfahrung."

Elli nickte zustimmend, gab ihrerseits ihrem Mann einen Kuss. „Das ist auch meine Meinung, da wir mit diesen beiden Monaten immer gut gefahren sind, auch Wetter-mäßig. Außerdem sind dann keine Ferien; es ist überall nicht so voll.

Das Frühstück war beendet, alles war in Butter. Von Parag räumte den Tisch ab und verstaute alles dahin, wo es hin gehört.

Dann setzte er sich an seinen Computer, um eine Anzeige aufzusetzen, die nun seinen Reiseplan endgültig in die richtige Spur brachte.

Seine Frau war bereits auf dem Wege zur Tochter. Elli war ihrerseits sehr gespannt, wie diese reagieren würde – Bedenken hatte sie aber nicht.

Überraschung

Henry erwachte und fühlte sich wesentlich besser. Nicht nur sein Körper hatte wieder Betriebstemperatur erlangt, auch verspürte er einen Tatendrang in sich, so groß, wie das selten bei ihm in den letzten Jahren der Fall war.

Beim Bäcker um die Ecke versorgte er sich mit frischen belegten Brötchen und einem Kaffee, den er mit in seine Wohnung nahm.   Ach ja, eine Zeitung nahm er auch noch mit, was sonst eigentlich nicht eine Routine von ihm ist.

Als er auf die letzte Seite der Anzeigen kam, wäre ihm fast der letzte Brötchenrest aus dem Mund gefallen.   Was las er da – war das etwa die Erfüllung eines Traumes, eines lang gehegten Traumes, eine Erfüllung, die ihm dort in fett gedruckten Worten entgegen blickte?

Was er da las, das war in seinem Kopf wie: „Genau du wirst gesucht - du bist damit gemeint - du musst darauf unbedingt antworten."

Henry konnte es trotzdem kaum glauben. Mehrere Male las er den Text, der in seiner heimatlichen Zeitung veröffentlicht war. War sein favorisierter Autor ganz in seiner Nähe, die ganze Zeit? Und nun war sein leerer Kühlschrank der Zufall, dass er zum Bäcker ging und eine Zeitung mit sich nahm?

Tennen-Club-Anzeiger:

3. November 2016: <u>Autoren-Reise:</u> Für einen Workshop stehen noch einige Plätze zur Verfügung. An ausgesuchten Plätzen in Nordirland und Schottland sollen an Ort und Stelle Anregungen entstehen, die am Ende unter Anleitung des mitreisenden Autors zu eigenen Geschichten verarbeitet werden, vielleicht sogar zu einem eigenen Buch? Die Reise erfolgt Anfang Juni nächsten Jahres in einer kleinen Gruppe von 7 Personen. Willkommen wäre auch ein Literatur-Freund mit Reiseleiter-Erfahrung. Bewerbungen für diese Reise können Interessenten unter der nachfolgenden Chiffre „Workshop Juni 2017" an die hiesige Zeitung einsenden. i. A. : H. v. P.

Den Text las Henry wohl an die sieben Mal, bis er ihn als wirklich existierend akzeptierte. Noch heute würde er antworten. Schließlich hatte er Zeit und schon so lange auf eine Gelegenheit gewartet, seinen Traum zu erfüllen. Einige Dinge hatte er schon ausprobiert, um „Autor" zu werden, seinem Idol nachzueifern, aber immer hatte er schon nach kurzer Zeit abgebrochen – aus verschiedenen Gründen, mal waren es die Teilnehmer, mal die Art der Veranstaltung.

Henry setzte sich an seinen PC und entwarf seine Bewerbung. Um sich interessanter zu machen, gab er darin auch an, bereits mehrfach als Reiseleiter unterwegs gewesen zu sein. Er setzte seine Hoffnung darauf, somit allen Kriterien des Anzeigentextes zu entsprechen.

Bewerbungen

Schon MItte November waren mehr Bewerbungen für die annoncierte Reise eingegangen, als Plätze dafür vorhanden waren. Von Parag hatte sie alle gelesen, einige aussortiert, aber immer noch genug übrig behalten, um eine weitere Aussonderung vornehmen zu müssen. Schließlich waren nur 7 Plätze vorhanden – einschließlich ihm. Zusammen mit Elli saß er nun an seinem Schreibtisch, den restlichen zu überprüfenden Stapel Bewerbungen vor sich liegend.

„Was meinst du dazu - Elli", blickte er fragend zu seiner Frau. „W e n der übrig gebliebenen Bewerber und Bewerberinnen würdest du mit auf die Reise nehmen?"

Beide gingen noch einmal alle Briefe durch und sortierten sie nach Interesse, eventuellen Erfahrungen und nach sympathischen Aussagen in den Bewerbungen. Als Bewerber mit Erfahrungen als Reiseleitung kam nur noch einer infrage. Bei den weiteren zu suchenden Mitreisenden war das schon erheblich schwieriger, denn alle Bewerbungen strotzten voller Elan und waren begierig darauf, mit auf diese Reise zu gehen.

Nachdem die beiden noch eine Nacht darüber geschlafen hatten, stand in gemeinsamer Übereinstimmung die **Liste der** ausgewählten **Mitreisenden** nun fest.

1. von Parag - als Veranstalter des Events

2. ein gewisser Henry -

   der sich auch als Reiseleiter empfohlen hatte

3. Alexandra Lichter - Zeitungsredakteurin

4. Josef Stift - Immobilienmakler

5. Silke Pumpe - Landschaftsgärtnerin

6. Dr. Christian Steinbuch – Pensionär

7. Sabine Charlton - Fotografin

Am 1. Dezember verschickte von Parag an die auserkorenen Mitreisenden entsprechende E-Mail-Nachrichten und schlug darin einen Treffpunkt vor.

Alle Gruppenmitglieder sollen sich in einem bekannten Lokal in Düsseldorf am 15. Dezember um 19 Uhr treffen, um sich persönlich kennen zu lernen und um weitere Einzelheiten hinsichtlich der Reise zu besprechen.

Von Parag machte in seinem Schreiben eindeutig klar, dass es sich bei dieser Sache um eine Privatreise handelt und dass bei Ausfall eines Teilnehmers oder einer Teilnehmerin die Reise fortgesetzt werden würde. Auch bat er darum, eine entsprechende Auslands-Krankenversicherung vorsichtshalber abzuschließen.

Elli stimmte ihrem Mann zu, dass dies für den Anfang als Erst-Information genügen sollte. Alles Weitere würde dann bei dem Treffen besprochen werden.

„Jetzt wird es also amtlich, wenn du die Mails abschickst", sagte sie zustimmend, aber doch auch ein wenig nachdenklich. „Schatz, das ist das erste Mal, dass wir getrennt in einen Urlaub fahren."

„Ich weiß, und ich vermisse dich jetzt schon".

Freude

Die bei den Reisemitgliedern eintreffenden E-Mails lösten bei ihnen jeweils wirklich Freude aus. Sie wussten, dass sie nicht die einzigen Bewerber auf die bewusste Anzeige sein würden. Umso mehr machte es sie nicht nur froh, sondern auch ein wenig stolz, Teilnehmer in einer ausgesuchten Gruppe zu sein.

Einen konnte aber in seinem Freudentaumel niemand schlagen – Henry.   Der stand direkt neben sich - wieder und wieder die Nachricht hinsichtlich seiner erfolgreichen Bewerbung lesend.

Sein Traum würde in Erfüllung gehen. Er wird „seinen" Autor persönlich kennen lernen. Die ganze Zeit lang war der gar nicht so weit entfernt gewesen.   Mit dem Auto war die Entfernung fast nur ein Klacks.

Henry war seinem Ziel jetzt so nahe.   „Jetzt werde auch ich etwas dazu beitragen, dass von Parag eine neue Geschichte schreibt, vielleicht sogar ein neues richtiges Buch, in dem auch ich vorkommen werde".

Henry hatte seit Jahren immer wieder versucht, selbst etwas zu schreiben. Gut – er hatte viele Seiten Papier beschriftet. Zahlreiche ganze 500-er Pakete PC-Papier waren dabei drauf gegangen. Aber eine zusammenhängende Geschichte hatte er doch nie zustande gebracht. Er konnte sich einfach nicht lange genug konzentrieren. Das bisher geschriebene passte einfach nicht zu den nachfolgenden Ideen. Wie oft hatte er verzweifelt da gesessen, und wie oft hatte er seinen Papierkorb deshalb leeren müssen - das konnte er gar nicht mehr zählen. Sicher hatte er in der Zeit mehrere große blaue Papierabfall-Tonnen gefüllt.

Jetzt war der Moment gekommen, in dem er liefern würde, Material liefern für sein Vorbild, auch wenn Henry dies selbst direkt nicht verwenden konnte. Wenn er auf der Reise gute Ideen bekam, würden diese – seine – Ideen von einem richtigen und bekannten Autor verwendet werden. Allein bei diesem Gedanken kam bei ihm Stolz auf. Noch einige Tage, dann würde sich alles entscheiden.

Reise - Besprechung

Düsseldorf, 15. Dezember 2016

Sämtliche zukünftigen Reise-Mitglieder waren pünktlich zum vereinbarten Treffpunkt erschienen. Henry war überpünktlich, denn er konnte es kaum erwarten und saß schon eine Stunde vor der vereinbarten Zeit im Lokal.

Er konnte nicht wissen, dass von der gegenüber liegenden Seite ein weiterer Beobachter „ihn" bereits ebenfalls im Blick hatte. Von Parag wollte sich ein Bild von allen Bewerbern machen, wollte sehen, wie die sich bewegten und benahmen, wenn sie noch nicht damit rechnen, bemerkt worden zu sein. Nach und nach erschienen dann die weiteren Personen auf von Parag`s Liste, alle etwas vor der Zeit.

„Pünktlich sind sie also schon einmal – ein erster positiver Punkt", bemerkte von Parag für sich. „Mal sehen, wie sich das hier heute alles weiter entwickelt."

Er schaute noch einmal auf seine Uhr und befand, dass „auch er" das mit der Pünktlichkeit genau nehmen sollte.

Von Parag betrat das Lokal. Eigentlich war das dort ein Kommen und ein Gehen, so dass er nicht groß auffiel, als er eintrat - wenn man ihn nicht kannte. Bei Henry war das anders. Der hatte in einem der Bücher seines Lieblings-Autors ein Bild von dem gesehen und erkannte ihn natürlich sofort. Es fiel ihm ungemein schwer, sich zurück zu halten und nicht auf ihn zuzustürmen.

Von Parag sah mit einem Blick, dass es sich bei den dort am langen Tisch sitzenden sechs Personen um „seine" Workshop-Gruppe handelt. Die hatten sich jedenfalls auch sofort gefunden, da ein Schild wie folgt auf dieses Treffen hinwies „Reserviert für das Schottland-Treffen".

Erwartungsvolle Blicke empfingen ihn, als er auf diesen Tisch zuging. Von Parag stellte sich vor, wie dies auch nach und nach die anderen künftigen Reisemitglieder taten. Die Spannung nahm spürbar zu. Sechs Augenpaare schauten von Parag an, warteten auf die Informationen, die ihnen hoffentlich alle zusagen und ihnen die Mitreise möglich machen.

„Ich heiße sie alle noch einmal zusammen herzlich willkommen", begann von Parag. „Heute Abend werden sie die weiteren Punkte der Reise erfahren.

Ich hoffe, dass alle Punkte für sie interessant und durchführbar sind.

Wie aus meiner Anzeige bereits ersichtlich war, soll unsere Reise im Juni starten. Ich habe dafür den 4. Juni 2017 vorgesehen. Das ist ein Sonntag, und da ist nicht so ein Verkehr unterwegs wie an sonstigen Werktagen. Wir werden nach Dublin fliegen. Unsere Reise wird insgesamt 8 Tage dauern. In Dublin werde ich für uns einen Wagen für 9 Personen mieten, der uns allen Platz bietet - für uns 7 Personen und entsprechendes Gepäck. Dies bitte ich „klein zu halten", da wir alle Fahrten noch einigermaßen ohne große Enge genießen wollen. Hin- und Rückflüge werde ich für uns alle buchen, ebenso die Unterkünfte an verschiedenen Orten. Wir werden in B& B`s übernachten und frühstücken. Das aktuelle Tagesprogramm möchte ich noch nicht verraten, das wird jeden Morgen bekannt gegeben. Schließlich soll noch eine gewisse Spannung bleiben, was passieren wird, eine Spannung, von der auch Romane leben und auch die Autoren, denn man weiß nicht immer von vornherein, wie eine Geschichte ausgeht. Ich werde mich während unseres Aufenthaltes etwas zurück halten. Henry wird als unser Reiseleiter fungieren. Gibt es im Augenblick Fragen dazu?"

Zwei Arme reckten sich empor. Alexandra Lichter und Silke Pumpe hatten offenbar erste weitere Fragen. Alexandra ließ Silke dabei den Vortritt.

„Wie sieht die finanzielle Seite unserer Unternehmung aus?"

Von Parag wusste, dass dies eine der ersten offenen Fragen sein würde, hatte sie aber erst einmal bewusst ausgelassen.

„Das ist eine sehr wichtige Frage", erwiderte er. „Wie auch schon angezeigt wurde, dies wird eine ganz private Reise. Wir werden alle einen entsprechenden Vertrag unterzeichnen, in dem alle Punkte abgeklärt werden.

Zum finanziellen Punkt kann ich aber hier jetzt bereits folgendes sagen: Die Kosten für unseren Mietwagen übernehme ich. Die Buchungen werde ich hinsichtlich der Flüge und der B & B`s ebenfalls durchführen. Für die Flüge bitte ich an mich eine Vorauszahlung zu leisten, über die noch weitere Informationen erfolgen werden, z. B. hinsichtlich der genauen Höhe. Die B & B`s hat jeder an Ort und Stelle selbst zu bezahlen. Die An- und Abreisen zu den deutschen Flughäfen trägt jeder selbst. Sind damit alle einverstanden oder gibt es anderweitige Vorschläge?"

„Hört sich gut an", sagte Josef Stift. „Ich bin mir sicher, dass sie bereits an alles gedacht haben, wie sich aus der Vorarbeit ergibt, die sie uns gerade anschaulich erläutert haben."

„Genau", meldete sich Christian Steinbuch. „Ich selbst kann es kaum mehr erwarten, bis wir die Reise antreten."

Es wurde noch ein lebhafter Plausch an diesem Abend. Und schon kurze Zeit nach von Parag`s Vortrag waren alle beim „du".

Henry, der sich bis jetzt erstaunlich gut zurück gehalten hatte, konnte endlich auch eine Frage los werden.

„Erst einmal möchte ich mich bedanken, dass auch ich die Reise mit antreten darf. Weiter danke ich dafür, dass ich das Vertrauen habe, euer Reiseleiter zu sein. Unser Autor wird mich dann ja wohl noch etwas mehr einweihen, wohin es gehen soll, damit ich meinen Job auch bestens erfüllen kann."

Dabei blickte er zu von Parag, der Henry`s indirekt gestellte Frage mit einem Kopfnicken beantwortete.

Henry`s Herz raste - geschafft, er war dabei.

Es war schon kurz vor Mitternacht, als sich die künftige Reisegruppe erhob und sich auf die Heimreise machte.   Alle waren sehr gut gelaunt und hatten jetzt schon schöne Gedanken und Bilder im Kopf.

Und für Henry war der Händedruck zum heutigen Abschied mit „seinem" Autor das Größte an diesem Abend.   Er schlief in dieser Nacht keine Minute. Schon morgen früh würde er sich daran machen, so viel wie möglich über Nordirland und Schottland zu erfahren, denn seinen „Job", den wollte er wirklich sehr gut machen.

Weihnachtszeit

Pünktlich zu den Festtagen war alles geregelt. Von Parag hatte alle Ankündigungen in trockene Tücher gepackt. Die Flüge waren gebucht, der Mietwagen bestellt. Bei den B & B`s hatte es zunächst einige Probleme gegeben, denn es war gar nicht so leicht, so eine Gruppe in einem Haus unterzubringen, wenn man nicht in ein größeres Hotel möchte.

Von Parag bevorzugte kleine Häuser. Mit denen und deren Gastgebern hatte er absolut nur sehr gute Erfahrungen gemacht. Diese lesen ihren Gästen die Wünsche von den Augen und Lippen ab. Schließlich war alles geschafft, selbst die Zimmer waren den Wünschen entsprechend gebucht. Der Älteste der Reisegruppe war Christian Steinbuch. Er war bereits im Ruhestand, hatte darum gebeten, ein Einzelzimmer zu bekommen, wenn es denn möglich ist. Von Parag hatte für ihn und für sich selbst Einzelzimmer reservieren können. Für Henry und Josef Stift standen in allen B & B`s Doppelzimmer zur Verfügung. Und die restlichen drei Frauen hatten sich darauf verständigt, mit einem 3-Bett-Zimmer zufrieden zu sein.

Die drei „Mädels" - Alexandra, Silke und Sabine - hatten von Parag zu verstehen gegeben, dass dies auch finanziell für sie von Vorteil wäre.

Von Parag hatte dafür gesorgt, dass alles noch zu Weihnachten geregelt war und alle restlichen Informationen rechtzeitig zum Fest bei allen Beteiligten eingetroffen waren.

Und so fanden alle, dass sie sich mit der bevorstehenden Reise schon jetzt und selbst ein sehr schönes Weihnachtsgeschenk gemacht hatten.

Für Henry war es das schönste Weihnachtsfest seines Lebens. Er war ein wichtiger Teil der Reise, das war ein Reiseleiter doch – oder? Und „sein" Autor hatte ihm diese Aufgabe direkt übertragen. Henry schwelgte im Glück. Er würde die Tage zählen, bis es los geht.

Auch im Hause von Parag herrschte eine fröhliche Stimmung. Elli und ihr Mann genossen die freien Tage. Beide beratschlagten noch einmal, wie die Reise nach Nordirland und Schottland funktionieren soll. Die Zielorte standen ja schon fest, aber es waren noch Besonderheiten an diesen Orten festzulegen.

Besondere Events sollen die mitreisenden Literaturfans anregen, eigene Geschichten darüber zu schreiben. Für die Fantasie-Anregung hatte sich von Parag zum Beispiel den „Giant's Causeway" vorgenommen. Diese speziellen Steine hatten Mystik, und von Parag wollte sehen, was seine Mitreisenden daraus machen.

Was denn nun Ellis Reise mit ihrer Tochter betrifft, damit war auch alles geregelt. Somit konnten sich alle auf bevorstehende weitere schöne Tage freuen. Und schlechte Gewissen, die waren überflüssig.

... es geht los !

Am 4. Juni 2017 war die Reisegruppe komplett und pünktlich am vereinbarten Flughafen erschienen und saß bereits im Flieger nach Dublin.

Alle empfanden die kurze Anreise als sehr angenehm, und schon befand sich ihr Flugzeug im Landeanflug .

Auch mit dem Mietwagen gab es kein Problem. Der stand vollgetankt und frisch gereinigt am vereinbarten Übergabepunkt, wartete auf die Gäste.

Von Parag hatte sich vorgenommen, den Wagen erst selbst einmal zu fahren, um aus dem Großraum Dublin in ruhigere Gefilde zu kommen, und das klappte auch ohne Kratzer.   Schließlich war er von den zahlreichen Irland und Schottland-Urlauben her ein erfahrener Linksfahrer.

Doch so bald wie möglich räumte er seinen Fahrerplatz und Henry übernahm das Steuer. Von Parag hatte von Henry aus den Vorgesprächen, die er mit ihm als künftigen Reiseleiter führte, entnommen, dass Henry ebenfalls eine entsprechende Links-Erfahrung hatte.

Niemand im Wagen ahnte, dass dies mit der genannten Erfahrung so nicht stimmte. Henry`s Linksfahr-Erfahrung rührte einzig und allein daher, dass er in den letzten Wochen heimlich geübt hatte. In Deutschland geübt ? Henry hatte sich einsame Zeiten ausgesucht, in denen kaum jemand auf den Straßen war. Es war trotzdem mehr als gefährlich, und wäre er erwischt worden, dann säße er wohl ohne Führerschein hier.

Henry hatte sich, was er als besonders heikel betrachtete, auch einen Übungsort mit Kreisverkehr ausgesucht. Dieser Kreisverkehr war noch ziemlich neu und übersichtlich, da er noch mittig nicht hoch bewachsen war. Henry konnte vor der Einfahrt in den Kreisverkehr genau sehen, ob ihm dort jemand entgegen kommen könnte. Es war für ihn also ein idealer Übungsort, wenn der auch nicht das Geringste mit der Wirklichkeit zu tun hatte. Henry hatte dies bereits beim ersten „Roundabout" nach der Abfahrt vom Dubliner Flughafen gemerkt und war froh, dass erst einmal von Parag am Steuer saß – man, war er froh.

Nur Henry und von Parag wussten, wohin die Fahrt führte. Für alle anderen war dies der erste Überraschungs-Moment, aber alle genossen die Reise und sahen sich an der Landschaft satt.

Alles ging gut – Henry hatte sich an das „Falsch-Fahren" im fremden Land doch sehr schnell gewöhnt. Ihm war jedenfalls nicht aufgefallen, dass bei den anderen etwa Argwohn oder sonst etwas hinsichtlich seiner Fahrweise aufgetreten war.

Am späten Nachmittag erreichte die Workshop-Truppe dann Ballycastle im Nordosten von Nordirland. Der erste Eindruck war fantastisch. Die Sonne schien immer noch, alle hatten die Fahrt körperlich gut überstanden. Das angesteuerte B & B lag wunderschön – ein weißes Haus, daneben ein Angelteich. Gastgeber John empfing die Gruppe mit einem schottischen Single Malt als Begrüßungstrunk.

Von Parag war mit Elli schon einmal hier gewesen. Er hatte sich dieses Haus ausgesucht, weil es ideal für seine Vorstellungen war, mit seiner Gruppe voll belegt wurde, somit ein idealer Platz für einen ungestörten Workshop bot und damit auch keine weiteren Gäste stören konnte.

Das Haus hatte auch einen eigenen Pub. Natürlich gab es auch Guinness vom Fass und eine gute Auswahl an schottischen Single Malts. Die Herrin des Hauses bot landestypische warme Küche an und der Sohn des Hauses würde an einem der Abende gälische Musik darbieten.

Mittlerweile war die Sonne schon lange schlafen gegangen, abgelöst vom silbernen Mond, der auf die vor dem B & B liegende Bucht schien. Der weiße Sand dort spiegelte das Mondlicht wieder, und von Parag nahm sichtlich erfreut zur Kenntnis, dass bei seinen Mitreisenden ein glückliches Erstaunen in den Augen zu sehen war.

Es war Sabine Charlton, die das in Worten ausdrückte, was sich hier abspielte. Sie erkannte natürlich als Fotografin sofort das wunderbare Licht dieses Momentes und bat alle zur Gruppen-Aufnahme an diesem so wunderschönen Strandabschnitt.

Es war ein glücklicher Moment, und allen Beteiligten war es auch so zumute. Was für ein schöner Anfang dieser Reise.

Die sehr guten und neuen Betten empfingen danach alle – für einen tiefen und erholsamen Schlaf, und in allen Zimmern würden erst die eingestellten Weckzeiten zwecks Frühstücks die noch schlafenden Urlauber aus ihren Träumen entführen.

Tag 2

In der Nacht hatte es ein wenig geregnet, wovon die tief Schlummernden aber nichts mitbekommen hatten.   Die Natur hatte es sicherlich gefreut, dem Image der „grünen Insel" hatte es auch nicht geschadet.   Im angrenzenden Fischteich freuten sich vielleicht auch die dortigen Fische über den Nachschub an frischem Wasser.   Und jetzt schien zur Freude aller auch schon wieder die Sonne, nicht unbedingt eine zu erwartende Regelmäßigkeit auf dieser Insel.

In der Reisegruppe genossen alle das herzhafte und sehr schmackhafte Frühstück, was für die Insel berühmt ist.   Nur von Parag kannte das ja, denn er war der einzige, der das Land schon besucht hatte.   Alle anderen genossen das „volle Programm"   und wurden überrascht, was ihnen da geboten wurde – und was einige gar nicht schaffen konnten, wie gut es auch immer schmeckte.   Schließlich ist ein „Full Breakfast" auch nicht immer so jedermanns Sache.   Aber man hat ja die Möglichkeit, jeden Tag das auszusuchen, was man mag und wonach einem gerade ist.

Eine Auswahl aus Eiern in verschiedenen Variationen stand da auf der morgendlichen Menü-Karte, über die inzwischen sehr viele und auch kleine private B & B`s verfügen, dazu – wenn man es so mag – gebratene Würstchen, Speck, Bohnen, Pilze und weiteres – natürlich zusätzlich zu den schmackhaften Dingen, die nebenbei oder vorher auch noch angeboten werden: Cerealien in verschiedensten Formen, Obst, Quark, Joghurt und einiges noch mehr. Alexandra Lichter drückte auch spontan ihre Begeisterung über den gereichten Kaffee aus: „Der schmeckt ja richtig gut. Da meint man, dass die Leute hier fast nur Tee trinken und der Kaffee eigentlich nicht so toll ist, aber ab heute bin ich eines besseren belehrt."

Allgemeine Zustimmung gipfelte in einem lauten „Danke" an die Küche. Diese registrierte das mit Freude und gab diesen Dank an die Gäste zurück.

Nach dem Frühstück traf sich die komplette Gruppe draußen am Angelteich. Das Programm des Tages war noch zu besprechen. Josef fragte bei Beginn: „Kann auch eine Destillery -Besichtigung eingeplant werden? Schließlich ist die „Old Bushmills Destillery" gar nicht weit entfernt." Das fand auch lebhaften Zuspruch bei Christian.

„Was meinen unsere Damen dazu?" fragte von Parag und ahnte wohl schon, dass dort die Begeisterung nicht ganz so hoch angesiedelt war und warf auch Henry einen prüfenden Blick zu.

Der weibliche Teil besprach sich kurz, und es schien bald klar zu sein, dass eine Besichtigung in Bushmills nicht unbedingt gewünscht wurde. Henry reagierte prompt. „Ich denke, dass ich den anderen Programmpunkt mit Alexandra, Silke und Sabine absolvieren kann. Wir haben allerdings nur ein Fahrzeug zur Verfügung. Sollen wir ein Taxi für unsere zweite Gruppe bestellen?"

„Nicht nötig", sagte von Parag. „ Unser eigentliches Tagesziel ist heute der „Giant`s Causeway". Bushmills mit seiner Destillery ist aber nicht so weit von dem Ziel auseinander. Das Wetter ist heute wieder so schön, dass wir bei den „Giant`s" wohl weitaus mehr Zeit verbringen sollten, wie in der Destillery. Der Aufenthalt dort ist wirklich atemberaubend. Ich würde sagen, dass ich unsere Herren bei der Destillery absetze und wir anderen uns dem „Giant`s Causeway widmen. Am Nachmittag hole ich Josef und Christian dann wieder aus Bushmills ab und bringe sie zu unserer Gruppe, damit auch die beiden noch etwas von diesem Naturschauspiel sehen, was uns da erwartet."

Alle Daumen zeigten nach oben – allgemeine Zustimmung war jedem ersichtlich.   Und so stiegen alle gemeinsam in ihr Fahrzeug.

Josef Stift und Christian Steinbuch wurden direkt vor der Destillery abgesetzt.   Das Leihfahrzeug fuhr seinem eigentlichen Tagesziel entgegen – dem „Giant`s Causeway".

Nach Bezahlung der 5 Pfund für den Parkplatz ließ die restliche Reisegruppe das Besucher-Zentrum erst einmal rechts liegen.   Sie alle waren sehr gespannt darauf, was sich ihnen bieten würde - was von Parag ihnen bieten würde.

Die Sonne hatte immer noch ihren prächtigen Platz am Firmament behauptet.   Somit war klar, es waren nur 10 Minuten Fußweg bis zum „Event". Ansonsten steht auch ein Bus zur Verfügung, der die Besucher der „Steine" dort hin bringt, die nicht so gut zu Fuß sind.

Für Rollstuhlfahrer oder Menschen mit Rollator können auch die paar hundert Meter Entfernung eine große Hürde sein – wegen der doch beträchtlichen Steigung.   Für die Fünf war es jedoch nur eine kurze Wanderung.

Schon am Anfang des Weges hinunter zur Küste bot sich ein tolles Bild. Und atemlos vor Staunen standen alle dann direkt „bei den Steinen" – dem „**Giant's Causeway**".

„Nun, Henry", blickte von Parag zu Henry. „Warst du hier auch schon einmal?"

„Leider nein", antwortete Henry, „aber ich kann euch zu diesem Naturwunder einiges sagen."

Von Parag nickte ihm zu und Henry begann zu erzählen, was er sich in der Vorbereitungszeit der Reise angeeignet hatte.

„Also, es gibt zu diesem Ort einige Geschichten, die sich im Laufe von Jahrhunderten immer wieder ergänzt oder neu erfunden haben. Da wäre zunächst einmal die wissenschaftliche Seite. Was wir hier vor uns sehen, ist fast nicht zu erklären – wegen der Formen. Diese Ansammlung hier soll aus mehr als 35.000 Säulen bestehen. Diese Basaltsäulen sollen damals vor ungefähr 60 Millionen Jahren entstanden sein – durch einen Lavastrom. Also – mir ist es etwas schleierhaft, wie dann solche eckigen und gleichen Formen entstehen können. Da kann dann auch jeder seine eigene Fantasie entwickeln. Einige meinen ja, dass nur Wesen aus dem All dies zustande gebracht haben können. Andere sagen, dass ein irischer Riese hier einen Weg angelegt hat, um zu seiner Freundin gelangen zu können. Wie ist denn eure Meinung dazu?"

Sabine, Alexandra und Silke sahen sich an, schüttelten ihre Köpfe und blickten dann irgendwie Rat suchend auf von Parag. Dieser nahm den Ball auf, lächelte und sagte: „Was Henry uns erzählt, da soll man dem wissenschaftlichen Teil wohl einigen Glauben schenken können. Anders ist das Ganze ja auch kaum vorstellbar. Aber ich will euch auch noch eine andere Version vorstellen, wenn ihr wollt?"

Heftiges „Au – ja!" folgte und von Parag fuhr fort: „Also, da gibt es so eine Geschichte mit einem Riesen, der wohl „Fionn" oder ähnlich hieß. Wie gesagt, es ist nur eine von vielen Geschichten. Zu der sogenannten Treppe oder dem Weg soll es gekommen sein, weil ein Riese von der schottischen Seite gehört hatte, dass auf der irischen Seite eine sehr hübsche Riesin wohnte, die allerdings leider verheiratet war. Der Schotte hatte aber auch gehört, dass der irische Mann viel kleiner als er ist. Also legte er mit den Säulen einen Weg an, um auf die andere Seite zu kommen."

Von Parag machte eine Pause, musste schmunzeln, als er in die fragenden Gesichter seiner Gruppe schaute, die wohl offensichtlich gar nicht abwarten konnte, bis die Auflösung der Geschichte erfolgt.

„Zum Glück hatten die irischen Riesen davon gehört, was ihnen droht. Die Frau hatte einen Einfall. Sie sagte ihrem Mann, dass er sich ins Bett legen soll. Auf den fragenden Blick hin, sagte sie nur weiter, dass sie dann schon etwas macht, was für sie beide gut ist. Gerade noch rechtzeitig legte sich der irische Riese ins Bett, da erschien auch schon der streitsüchtige Genosse vom anderen Ufer, der den steinigen Weg durchs Wasser fertig gebaut hatte. Er freute sich schon riesig auf seine schöne Beute.

Die Riesin aber legte ihren Finger auf die Lippen und gebot dem Nebenbuhler, dass er ganz leise sein soll. Der andere hatte ein großes Fragezeichen über seinem Kopf. Die Riesin aber sagte zu ihm, dass dies das Baby ist, was da im Bett liegt. Und wenn der Vater, also ihr Mann, von der Jagd kommt, wird er sehr sehr böse sein, wenn das Kind aufgeweckt worden ist.

Da erschrak der Riese so sehr und dachte, dass der Mann der Riesin ja „ riesengroß „ sein muss, wenn denn das Kind schon so groß ist, was vor ihm lag. So schnell er konnte, rannte er auf den Steinen zurück in sein Land. Dabei stapfte er so fest auf, dass viele Steine im Meer versanken."

„Was für eine schöne Geschichte", rief Sabine voller Begeisterung aus, und alle schlossen sich an.

Henry meldete sich und sagte, dass er noch eine weitere Version der Riesen hat. Natürlich wurde er sofort aufgefordert, auch diese zu erzählen.

„Als der Riese, der ja als Kind ausgegeben wurde, im Bett lag, forderte die Riesin den Nebenbuhler auf, die Zähne des Kindes zu fühlen. Da staunte der, was das „Kleinkind" schon für riesige Zähne hatte.

Als er aber über die Zähne strich, da biss der Riese im Bett zu, biss in seinen Mittelfinger. Er hatte gehört, dass der schottische Riese dort seine ganze riesige Kraft gespeichert hat. Diese war durch den Biss jetzt verloren gegangen. Das merkte auch der Fremde und machte sich schnell davon."

„Super", sagte von Parag, „diese Version hat mir letztes Mal auch schon eine Frau aus dieser Gegend hier erzählt. Da scheint ja etwas dran zu sein!"

Alle lachten, die Stimmung war völlig losgelöst. Von Parag sah auf seine Uhr und bemerkte, dass die Zeit so schnell verstrichen war, dass er sich auf den Weg machen konnte, die beiden Herren aus der Destillery wieder in Bushmills abzuholen.

Der Tag war einfach zu schön – die Sonne schien immer noch. Die drei Mädels und Henry beschlossen, noch bei den „Steinen" zu bleiben. Von Parag würde dann ja mit Josef und Christian noch dazu kommen. Denn die sollten dieses steinerne Schauspiel auch unbedingt sehen.

Von Parag machte sich auf den Weg.

Nachdem Henry und die Mädels noch eine Weile das Schauspiel, das Spiel der Wellen mit den Steinen, genossen hatten, machten sich Alexandra und Silke auf den Weg zurück zum Besucher-Zentrum. Sie wollten sich dort noch etwas umschauen, weil es da auch einen Shop mit Dingen gibt, die eventuell als kleine Mitbringsel für zu Hause infrage kommen.

Sabine blieb mit Henry noch bei den Steinen sitzen. Sabine wartete als Fotografin mit schussbereiter Kamera noch auf den einen Moment für „das" Foto des Tages.

Henry hatte ein Bild vor Augen, was ihn innerlich sehr beunruhigte. Einerseits war dort der wahnsinnig tolle Anblick der tosenden See, die ihnen auf den Steinen Wellen und Gischt in kürzesten Abständen entgegen schleuderte, andererseits kam in Henry ein Zwang auf, hier ein erstes Zeichen zu setzen, was in seinen Roman gehören könnte oder zumindest, was eventuell von Parag verwenden könnte. Henry war irgendwie nicht mehr er selbst.

Sabine hatte ihr Fotogerät auf die heranbrausenden Wellen gerichtet, wartete immer noch auf die eine „ganz besondere" Welle.

Hinter ihr näherte sich Henrys rechte Hand. Er legte sie auf Sabines Schulter. Sabine zuckte und sah Henry an. Der schien die Ruhe selbst zu sein, auch wenn das in ihm völlig anders aussah. Henry hatte seine Hand zurück gezogen, als er sagte: „Es ist hier sehr gefährlich. Ich pass aber auf, dass du nicht abrutscht. So kannst du dich voll auf „dein Foto" konzentrieren."

Sabine lächelte und sagte: „Das ist aber sehr aufmerksam von dir. Ich hoffe, das Foto bekomme ich noch hin, denn wir müssen bald wieder los."

Erneut näherte sich Henrys Hand. Sabine erschrak nun nicht mehr, denn sie wusste ja, dass es Henry nur gut meinte, der Sicherheit wegen. Wie wenig sie in diesem Augenblick wirklich in Sicherheit war, sogar in aller höchster Gefahr, das würde sie nie erfahren.

In derselben Sekunde ertönte vom Weg, der vom Zentrum hinunter zu den Steinen führte, ein lautes Hupsignal. Henry erschrak sich und nahm seine Hand von Sabines Schulter. Sabine blickte sich ruckartig um, ebenfalls mit erschrecktem Gesichtsausdruck.

Es war der Bus, der Besucher-Bus, der hin und her pendelte. Vielmehr war es sein lautes Signalhorn, das als Warnung ertönte, weil ein Tourist fast direkt vor dem Bus die Straße queren wollte.

Henry hatte sich - selbst für ihn überraschend - schnell wieder gefasst. „Du meine Güte", sagte er. „Das wäre ja beinahe schief gegangen. Ein Bus-Unfall wäre kein schöner Tagesabschluss für uns. Da müssen wir nicht unbedingt dabei sein, oder?"

„Weiß Gott nicht", meinte Sabine, „aber schau doch, da kommen unsere restlichen Männer, um sich auch die Steine noch anzuschauen, wie schön."

Es war schon spät, als von Parag mit all seinen Begleitern wieder am B & B eintraf. Die Dame des Hauses hatte wieder gezaubert und Deftiges auf den Tisch gebracht. John servierte die Getränke, die auch nach dem Abendessen noch reichlich flossen.

So ein ganzer Tag an der frischen Luft, der kann schon recht müde machen. Und die beiden Herren, die einige Frischluft verpasst hatten, die hatte wohl der Umtrunk in der Destillery etwas kraftlos gemacht.

Von Parag war mit John der letzte im B & B – Pub. Da war zwischen den beiden so einiges zu erzählen, was sich inzwischen ereignet hatte – nach dem letzten Besuch in Ballycastle.

Dann übermannte auch die beiden der Schlaf, und sie wünschten sich eine angenehme Nacht.

Nur Henry wachte mitten in der Nacht aus einem Alptraum auf – sein Zimmerkollege sah erschrocken zu ihm. „Ist alles in Ordnung, Henry?"

„Ja, ich habe nur geträumt – von riesigen Wellen."

Tag 3

Für den Nachmittag sind Regenschauer angekündigt - sagen die Nachrichten. Aber jetzt am frühen Morgen sah alles noch sehr gut am Himmel aus. Die Gruppe frühstückte draußen am Teich.

Von Parag verkündete seinen Mitreisenden, dass er am heutigen Tage einen plötzlich auftauchenden Termin unbedingt wahrnehmen muss, der ihn nach Larne beordert.

„Somit habt ihr alle einen freien Tag zur Verfügung, den ihr aber für erste Aufzeichnungen nutzen sollt. Überlegen müsst ihr auch, in welche Richtung euch dieser Workshop führen soll, in einen romantischen Roman-Bereich, in eine Landschafts-Beschreibung oder etwa in einen kriminalistischen Bereich. Wenn ich am Abend wieder zurück bin, möchte ich da eure Vorschläge und Ideen hören. Vielleicht dient auch der Sandstrand hier fast direkt vor dem Haus dazu, einige Ideen zu entwickeln."

Henry fragte: „Und für uns – bleibt es bei dem Plan, unbedingt auch ein weiteres Event hier zu besuchen – die „ **Carrick-a-rede Rope Bridge** „ ?"

„Das kann ich euch nur bestens empfehlen. Diese Brücke ist etwas ganz Besonderes. Die müsst ihr euch unbedingt ansehen. Ich bin dann am Nachmittag wieder bei euch. Dieser Termin in Larne ist beruflich für mich sehr wichtig. Da kommt ein Verleger aus Schottland extra mit dem Schiff zu einer Besprechung rüber, der leider an keinem unserer Aufenthaltstage drüben Zeit hat. Ich wünsche euch einen schönen Tag – und: denkt an die Hausaufgaben!"

Von Parag stieg lachend ins Taxi ein, das er sich bestellt hatte, damit seine Gruppe weiter das Leihfahrzeug nutzen konnte.

Es war fast schon Mittag geworden, als Henry zum Aufbruch drängte. Er hatte noch einmal den heutigen Wetterbericht abgefragt. Dort hatte man den angekündigten Regen bestätigt - der würde nicht mehr lange auf sich warten lassen. Und die „Brücke" wollte jeder unbedingt erleben.

Um auf die Brücke zu gelangen, steht schon ungefähr einen Kilometer vorher ein Kassen-Häuschen, wo ein Obolus zu zahlen ist. Henry erledigte dies mit einem Gruppen-Ticket und war sehr stolz auf seine Funktion als Reiseleiter.

Die Brücke selbst war ein super-toller Anblick. Ungefähr zwanzig Meter lang und fünfundzwanzig Meter hoch schwebt sie über dem Wasser – leicht schaukelnd, was auch dem aufkommenden Wind geschuldet war. Die Wetteränderung bahnte sich an.

Es darf immer nur eine geringe Anzahl von Personen auf die Brücke, deshalb gibt es dort einen Brücken-Wärter, der die Aufsicht darüber hat.

Im Augenblick war niemand außer Henry`s Gruppe dort – der große Tagesandrang war wohl schon beendet, und das Wetter hielt neue Besucher ab.

Diese für heute wohl letzte Besucher-Gruppe konnte somit gemeinsam über die Brücke und bis auf den gegenüber liegenden Felsen gelangen.

Henry hatte sich schlau gemacht und konnte somit seinen Begleitern erzählen, was es mit der Brücke auf sich hat. „Hier hinter diesem großen Felsen, auf den wir über die Brücke gelangt sind, da befindet sich eine Straße der Lachse. Eigentlich schwimmen die aber rechts und links davon vorbei. Die örtlichen Fischer können über die Brücke also hierher gelangen und ihre Netze so auslegen, dass sie fette Beute machen können. Die Brücke wird übrigens im Winter abgebaut und jedes Jahr wieder neu installiert."

Dieser Ort und diese Ausblicke, das war alles so schön und faszinierend, dass Niemand den Nieselregen, der jetzt einsetzte, so richtig wahr nahm. Erst der Ruf des Brücken-Wärters holte die Gruppe in die Wirklichkeit zurück.

„Kommt zurück – es wird zu gefährlich, denn die Holzplanken der Brücke können höllisch glatt werden, auch wenn sie besonders angelegt sind."

Die Brücke schwankte inzwischen schon von allein; der Wind hatte erheblich aufgefrischt. Alle eilten, um wieder zurück auf die sichere Seite zu kommen.

Die Workshop-Gruppe befand sich schon zwischen der Brücke und dem Kassenhäuschen. Christian stoppte plötzlich, setzte seinen Rucksack ab und begann darin etwas zu suchen.

„Was ist los, Christian? Was suchst du denn?" fragte Sabine nach.

„Ich vermisse meinen Fotoapparat", sagte Christian. „Wahrscheinlich habe ich den auf dem „Felsen" liegen gelassen, als wir so plötzlich aufgebrochen sind. Du meine Güte, ich muss noch einmal zurück. Da sind doch alle schönen Fotos drauf, die ich bis jetzt gemacht habe!"

Alle hatten das gehört – Henry reagierte zuerst. „Geht ruhig schon mal weiter zum Parkplatz. Ich gehe zügig zurück und schaue nach dem Apparat. Der Brücken-Wärter muss ja auch noch da sein. Zumindest ist er noch hinter uns. Auch wenn er das Tor zur Brücke inzwischen verschlossen hat, für die Suche wird er mich sicher noch einmal durch lassen."

„Danke, Henry, sehr nett", sagte Christian erleichtert. „Gut, dass wir noch nicht wieder zu Hause und nicht schon weiter weg sind."

„Kein Ding", sagte Henry und machte sich auf den Weg zurück zur Hängebrücke.

Nur hundert Meter weiter sah Henry schon die Brücke. Der Brücken-Wärter war noch darauf und machte wohl einen letzten Kontrollgang. Der stutzte, als er Henry sah und wie der noch einmal auf die Brücke wollte. Henry klärte ihn auf, warum er noch einmal zurück gekehrt war.

Während der Brücken-Wärter jetzt zum Anfang der Brücke ging, um Vorbereitungen zum Verschließen des Tores zu treffen, schritt Henry auf den Felsen zu, der sich an die Brücke anschloss. Dort musste ja der Fotoapparat irgendwo liegen, wenn er nicht an anderer Stelle verloren gegangen war. Noch wenige Meter waren zu gehen – Henry wurde es immer seltsamer zumute. Er wusste selbst nicht genau, was mit ihm geschah. Unter sich toste das Wasser, schoss zwischen dem Felsen und dem Festland hindurch. Der Flut-Höchststand war wohl erreicht, und das Wasser lief bereits wieder ab, wodurch sich unter der Brücke tückische Strudel bildeten. Henry schauderte es ein bisschen bei dem Anblick. Aber es war seltsam, trotzdem hatte er keine Angst. Im Gegenteil, diese Situation unter ihm zog ihn magisch an – ihm wurde heiß und kalt. Es wurde ihm bewusst, dass ihn das gleiche Gefühl ereilte, als er bei den „Steinen" war – mit Sabine.

Der Brücken-Wärter rief Henry etwas zu, was der aber wegen dem Lärm unter ihm nicht verstand. Es sollte den Gesten nach wohl so viel heißen wie „Beeilen sie sich!"

Henry hob seine Hand, mit dem Daumen nach oben und legte die restlichen Meter Richtung Felsen zurück.   Nur noch einige weitere Schritte und Henry sah den vergessenen Fotoapparat liegen - direkt auf einem Stein am schmalen Rand des Pfades, der weiter auf den Felsen führte.

Halb auf dem Rückweg und schon halb auf der Brücke war „dieses Gefühl" wieder da, nur noch stärker.   Was war nur mit ihm los?   Hatte es etwas mit dem Wasser zu tun, wie bei den Steinen? Etwas in ihm schien einen teuflischen Plan zu entwickeln – einen Plan, der eine Bereicherung seiner Fantasie zu sein schien – hinsichtlich seines Romans, der in kriminalistische Abgründe steigen sollte, das hatte er sich inzwischen vorgenommen. Ja, er würde in und aus diesem Workshop heraus einen Kriminal-Roman schreiben, wie sein großes Vorbild.   Und wenn nicht er selbst, dann würde er von Parag Vorschläge für einen neuen Roman unterbreiten.   Dann wäre er zumindest gedanklich ein Teil eines Romans, was ihm zunächst genügen würde.   Dann würde man weiter sehen.

Henry sah immer noch auf das tosende Wasser unter ihm. Wie sich sein Gesichtsausdruck veränderte, das merkte er nicht. Kräfte stiegen in ihm auf, die er nicht mehr beherrschen konnte. Als er wieder aufblickte, sah er den Brücken-Wärter auf ihn zukommen. Henry knickte unter der Last ein, die mit einem Male gekommen war und immer schwerer wurde. Henry lag auf den Knien und klammerte sich an die Halteseile der jetzt doch schon drohend schwankenden Brücke.

Nur Sekunden später hatte der Brücken-Wärter, der die Situation mit Henry so interpretiert hatte, dass dieser einen Schwächeanfall erlitt, Henry erreicht.

Henry wusste nicht, was er tat, als er sich nicht nur erhob, sondern regelrecht in die Höhe schnellte. Dabei umfasste er ein Bein des Brücken-Wärters und hebelte ihn wie mit einem perfekten Judo-Griff so aus, dass der den Halt verlor. Henry sah noch den erstaunten Ausdruck in dessen Gesicht, ein „Ich verstehe nicht, was hier passiert" Ausdruck. Dann fiel der angehobene Körper über die Seile nach unten, verschwand nur Sekunden später in der bedrohlich tosenden Gischt unter der Hängebrücke.

Henry kniete eine ganze Weile auf der Hängebrücke, fassungslos was gerade passiert war. Es waren wohl Minuten vergangen, bis er registrierte, dass dies hier echt war und tatsächlich geschehen. Seine Augen suchten Meter um Meter unter der Brücke ab, wanderten weiter, suchten verzweifelt, aber einen Körper konnte er nirgendwo entdecken. Die abfließende Flut war gründlich und hatte alle Spuren beseitigt.

Henry war nur mühsam in der Lage, sich vollends aufzurichten. Schließlich gelang es ihm aber. Er verließ die Brücke und schloss das Tor mit der vorhandenen Kette und dem Schlüssel, der schon im Schloss steckte. Den Schlüssel warf er in die tosenden Fluten.

Ein Riesenschreck durchzuckte ihn – der Fotoapparat ! Was war mit dem Fotoapparat ? Henry fasste in seine Jackentasche und war erleichtert. Er hatte den Apparat zum Glück bereits eingesteckt. Wie hätte er sonst wieder auf den Felsen gelangen sollen – ohne Schlüssel und mit verschlossenem Tor ? Und wenn Christian seinen Fotoapparat weiter vermissen würde, käme er dann nicht eventuell auf die Idee, vielleicht morgen noch einmal danach zu suchen ?

Aber jetzt war ja alles gut – der Fotoapparat wurde doch gefunden.   Christian würde erfreut sein. War wirklich a l l e s   gut ?   Langsam verließ Henry dieses schreckliche Gefühl, das von ihm ergriffen hatte, ihn willenlos gemacht hatte.

Als er bei seiner Gruppe eintraf, war er eigentlich schon wieder ganz der alte Henry.   Christian bedankte sich voller Freude, und Henry hatte das Gefühl, etwas Gutes getan zu haben – allerdings mischte sich da ein gewisses Unbehagen darunter.

Als der Mietwagen mit den Ausflüglern wieder beim B & B eintraf, begrüßte sie dort schon von Parag; er war nur wenige Minuten zuvor dort eingetroffen.

Das Wetter hatte sich wieder beruhigt, und so nahmen alle ihr Abendessen am Fischteich ein. Von Parag berichtete, dass sein Treffen in Larne ein voller Erfolg war. Und Christian erzählte, wie schön der Tag verlaufen war und dass auch die schöne Hängebrücke ihren Anteil daran hatte.

Als von Parag dann noch die Geschichte mit dem verlorenen Fotoapparat hörte, war er überzeugt, mit Henry den „richtigen" Reiseleiter ausgesucht zu haben – dachte er.

Tag 4

- 7. Juni 2017 -

Nach dem Frühstück saß die gesamte Gruppe zusammen und ließ die vergangenen Tage vorüber ziehen. Von Parag hörte von seinen Begleitern, dass diese auch schon ein paar Ideen entwickelt hatten – in schriftstellerischer Hinsicht.

Man beschloss, diesen letzten Tag hier in Nordirland am wunderschönen weißen Strand in der Nähe zu verbringen. Am Abend würden sie alle die Fähre nach Schottland nehmen, die letzte Fähre des Tages, die Abendfähre. Sie konnten sich die Zeit für den heutigen Strandaufenthalt in aller Ruhe nehmen, denn das nächste Quartier in Schottland war bereits gebucht – sie brauchten dort nicht erst zu suchen und konnten also auch noch spät am Abend ankommen. Von Parag hatte versprochen, dass es auf dem Wasser einen besonders schönen Sonnenuntergang zu beobachten gab. Und alle Voraussetzungen lagen ja vor – die Sonne versprach, den ganzen Tag durch zu halten. Von Parag suchte jetzt das Gespräch mit jedem Einzelnen der Gruppe, was er sich auch bereits vor Reisebeginn vorgenommen hatte.

Er wollte erfahren, was jeden dazu bewegt hat, mit auf diese Reise zu kommen, wollte mehr über die Ziele der Einzelnen erfahren und was sie eventuell für die Zukunft planen.

Von Parag sprach zuerst mit **Alexandra Lichter**. Dass sie frei-schaffende Zeitungsmitarbeiterin ist, wusste er bereits. Alexandra erzählte ihm, dass sie gerne einmal einen Reisebericht in einer der angesagten Magazine veröffentlichen möchte, gerne auch als Serie. Und weiter erzählte sie, dass sie inzwischen so viel vom schönen Schottland gehört hatte und auch sehr viele Leute kennt, die unbedingt einmal nach dort hin wollen. Sicherlich würde sich eine große Leserschaft für ihren Reisebericht interessieren. Das könnte der große Durchbruch für sie sein.

Der nächste Interviewpartner war **Josef Stift**. Als Immobilienmakler braucht er immer wieder neue Impulse, sagte er. Er erhoffte sich neue Ideen und sah auch die Möglichkeit, einmal im Ausland in das Immobilien-Geschäft einzusteigen. Warum fange ich damit nicht in Schottland an, hatte er sich gesagt. Und auf den erlebten Fahrten, die auch durch viele kleine Dörfer und Städtchen führten, da hatte er auch schon einige Ansätze gesehen.

Josef würde noch einmal für einen längeren Aufenthalt in nächster Zeit wieder nach Schottland zurück kehren, da war er sich sicher.   Hinsichtlich Workshop gab er an, für Immobilien-Zeitungen einen Bericht über die Möglichkeiten in nordischen Ländern zu schreiben.   Da er dafür noch reichlich Stoff braucht, auch das war ein gewichtiger Grund, um noch einmal hierher zu reisen.

Silke Pumpe ist Landschafts-Gärtnerin.   Auch sie wollte neue Ideen bekommen.   Sie hatte schon so viel über die schönen Gärten in Irland und Schottland gelesen.   Und jetzt war sie hier. Was sie bis jetzt gesehen hat, das war für sie schon ein Erfolg fürs Auge und die Sinne.   So hatte sie dies in ihrem Inneren bereits abgespeichert. Auch Silke hatte den festen Vorsatz, ihre bisher gesammelten Eindrücke bei einem weiteren Aufenthalt in diesen Ländern zu erweitern.

Bei **Christian Steinbach** lag die Sache nicht mehr im beruflichen Bereich.   Er war ja bereits im Vorruhestand, hatte sich aber bislang nicht getraut, allein in ein Land mit Linksverkehr zu reisen. Einen journalistischen Bericht über diese Reise hier würde er aber für seine Heimat - Zeitung verfassen.

Sabine Charlton war bereits eine erfolgreiche Fotografin, die schon in vielen Magazinen ihre wunderschönen Bilder veröffentlicht hatte. Allerdings hatte sie noch nie aus nordischen Ländern berichtet. Da waren bis jetzt eher die südlichen Gefilde ihre bevorzugten Landschaften gewesen. Dort ist das Licht einfach großartig für die Arbeit als Fotografin. Sie drängte es aber, auch einmal Neues auszuprobieren. Was sie bis jetzt auf dieser Reise gesehen hat, das hat all ihre Erwartungen übertroffen. Besonders die Veränderungen des Lichts am Himmel mit seinen plötzlich aufziehenden Wolken, die ebenso schnell wieder verschwinden, dieses hatte sie fasziniert. Und die Verbindungen mit der immer wieder wechselnden wundervollen Landschaft, die mit Steilküsten, den inneren Lochs und den Bergen ihre Sinne vollends fotografisch neu belebten, die hatten es ihr vollends angetan. Sabine würde sich durch diese Eindrücke und diesen Workshop hier zu einem Bildband entschließen. Auch sie müsste dafür noch einmal einen langen Aufenthalt hier einplanen.

Henry hatte nicht weit entfernt gesessen und teilweise die Gespräche mit bekommen. Nun war er an der Reihe, aber was sollte er berichten? Als besessener Fan wollte er sich doch nicht outen.

Sein Verhältnis zu von Parag ließ er außen vor. Dass er ein eigenes Buch veröffentlichen wollte, dies entsprach ja seinen Interessen. Henry entschied sich für die Wahrheit hinsichtlich seiner journalistischen Möglichkeiten. Er sprach frei von der Leber weg, dass er bis jetzt schon so unendlich viele Versuche gestartet hatte, etwas Vernünftiges aufs Papier zu bringen. Freimütig berichtete er von den vielen Papierkörben, die es zu entleeren galt, weil ihm wieder einmal nicht das eingefallen war, was für andere Augen und Ohren von Interesse sein könnte. Henry war selbst erstaunt über seine Offenheit von Parag gegenüber. Zum Schluss der Unterredung, während dessen es Henry abwechselnd heiß und kalt über den Rücken lief, ließ Henry wissen, dieser Workshop ist für ihn riesig, auch wenn es nur wenige Tage sind. Henry erklärte voller Freude, dass er jetzt einen Ansatz gefunden hat – den möchte er aber noch geheim halten, bis seine Geschichte fertig ist.

Von Parag lächelte und war sehr zufrieden. „Dieses Experiment ist dann ja wohl gelungen", sagte er zu sich selbst. „Ich hätte nicht gedacht, dass alle Teilnehmer wirklich so viel Zuversicht aus dieser nur kurzen Zeit mit nach Hause nehmen.

Alle waren sich einig, dass der Schluss dieser Reise nicht das Ende sein würde. Die Gruppe vereinbarte bereits schon jetzt, dass mehrere Treffen in Deutschland stattfinden werden. Vorgeschlagen wurde auch, diese Treffen immer an verschiedenen Orten zu veranstalten, abwechselnd in den Orten, in denen die Teilnehmer dieses Workshops wohnen.

Von Parag ermunterte seine Gruppe noch einmal mit einer Ankündigung.

„Ich werde mir alle Vorschläge von euch hinsichtlich einer Geschichte, die sich aus dieser Reise ergibt, sehr genau ansehen. Da mein nächstes Buch in Irland und Schottland spielen wird, könnte es daher gut sein, dass eine Geschichte oder ein Teil davon von mir übernommen und in meinem nächsten Buch erscheinen wird. Dann wird auch ein Co-Autor-Name mit ins Buch aufgenommen."

Diese Ankündigung entwickelte Glanz in den Augen aller – ihre Gesichter strahlten. Auch wenn sich der eine oder die andere nicht ganz sicher waren, etwas Derartiges zustande zu bringen, das Angebot von Parag's war es allemal wert, das Beste zu versuchen.

Die Zimmer hatten schon alle ausgeräumt, aber der Tag war noch so schön, dass alle einschließlich ihrer Gastgeber den Vormittag am Fischteich des B & B`s verbrachten. Es gab dort für alle am frühen Nachmittag noch selbstgebackene Scones mit Butter und Marmelade, dazu Kaffee und Tee. Jeder aus der Gruppe hätte gerne noch mehrere Tage an diese Zeit hier „dran-gehängt", aber alles war gebucht - die Fähre, die nächsten Unterkünfte, und dann war da auch noch der Rückflug. Was von Parag von seinen Reise-Begleitern erfahren hatte, das war ja, dass jeder von ihnen wieder hierher kommen wird – hierher oder in andere Landesteile.

Am späten Nachmittag fand dann der Aufbruch statt. Es war noch Zeit genug für ein weiteres Event. In von Parag`s Planungen stand noch die Besichtigung von **„Dunluce Castle"** an. Auch deshalb hatte der Autor erst die Abend-Fähre gebucht, nicht nur wegen dem Sonnenuntergang auf dem Wasser.

Nein – Dunluce Castle war ebenso sehenswert wie die schon genossenen Events „Steine" und „Brücke". Auch war kein großer Umweg zu fahren, und Larne mit der Fähre war nicht so weit weg.

„Es hat sich gelohnt", meinte denn auch Josef Stift. „Auch wenn ich als Immobilien-Makler keine Restmauern in meinem Angebot habe, der Anblick ist faszinierend und sicherlich ist auch der geschichtliche Hintergrund von Dunluce Castle interessant – oder?"

Josef sah zu Henry.

Der hatte offensichtlich seine Hausaufgaben als „Reiseleiter" gemacht, als er nickte und begann: „Ja – dieses Castle ist nicht nur eine der besten Sehenswürdigkeiten, auch wenn Dunluce Castle leider nur noch eine Ruine ist.   Ihr könnt, wenn ihr wieder zu Hause seid, in verschiedenen Büchern nachlesen, was dort damals geschah.

Moment – da fällt mir dazu doch etwas ein. Was ich mal gelesen habe, war wohl in irgendeinem Geographie Magazin, wenn ich nicht ganz schief liege. Das Castle hat wohl mehrmals die Besitzer gewechselt. Vor einigen hundert Jahren bereits wurde Dunluce Castle dann aufgegeben, als während Feierlichkeiten wegen eines heftigen Sturmes ein Teil eingestürzt ist. Die Burgküche ist dabei ins Meer gerutscht, mitsamt den Menschen, die dort gerade das Essen zubereiteten."

„Da hatten wir bei unseren Mahlzeiten ja wesentlich mehr Glück", rief Christian Steinbach. „Da bin ich inzwischen so alt geworden, dass ich jetzt nicht unbedingt beim Abendessen ins Meer stürzen will."

Großes Gelächter war die Folge, und Henry klopfte ihm zustimmend auf die Schulter. Einen Augenblick lang war Henry irritiert. Die Berührung der Schulter hatte etwas in ihm ausgelöst - was, das konnte er nicht bestimmen – es war nur ein seltsames Gefühl. Im nächsten Moment war es aber auch schon wieder vorbei. In seinem Kopf hatten sich seine Gedanken aber nicht wirklich völlig erledigt, sondern ein Teil davon lebte selbständig weiter.

Larne wurde pünktlich erreicht.   Die Ausweis-Kontrollen waren streng.   Das hatte von Parag schon mehrfach erfahren.   So einfach kam man nicht auf „die Insel".   Da spielte auch die Terror-Gefahr eine große Rolle.   Dann rollte der Leihwagen mit seiner ganzen menschlichen Mannschaft auf die Fähre.

Normal hätte von Parag die Schnell-Fähre gebucht. Das wäre dann der Katamaran gewesen – der war wirklich schnell.   In etwa einer Stunde hätte man damit schon Schottland erreicht.   Aber alle hatten bereits den versprochenen sehr schönen Sonnen-Untergang auf See im Sinn, den sie unbedingt erleben wollen.

Anfangs war die See noch sehr ruhig, doch je mehr sie hinaus fuhren, desto unruhiger wurde es. Das Wetter hielt jedoch sein Versprechen, es blieb trocken.   Diese Fähre hier brauchte die doppelte Zeit bis zur Ankunft in Cairnryan, dem Fährhafen auf der schottischen Seite.

Henry stand unruhig an der Reling und sah das Wasser am Schiff vorbei ziehen.   Er war sehr unruhig.   Das Bild von „der Brücke" schlich sich wieder in seine Empfindungen.   Henry war sich im Klaren darüber, dass ihn das wahrscheinlich nie mehr im Leben los lassen würde, ganz sicher nicht.

Langsam senkte sich die Sonne dem Horizont entgegen. Von Parag und seine Reisegruppe standen am Heck des Schiffes. Das Wetter erlaubte es ihnen immer noch, draußen zu sein und von dort aus naturnah alles mit zu erleben.

Auf dem Katamaran wäre das nicht möglich gewesen – der ist in sich abgeschlossen. Aber hier handelte es sich um eine normale Fähre mit Außenaufenthalts-Möglichkeiten.

Von rechts und links gab es lautes „Oh" und „Ah", was dem wirklich fantastischen Sonnenuntergang geschuldet war. Von Minute zu Minute änderte sich die Stimmungslage am Himmel und im Wasser.

Für Sabine war dies ein Highlight als Fotografin, als sie begeistert sagte: „Allein für diese Aufnahmen hier hat sich die Reise einfach schon gelohnt. Es ist alles so wunderschön!"

Sabine wollte so lange wie möglich an Deck bleiben, um noch einige Aufnahmen zu schießen. Henry blieb bei ihr – die anderen gingen unter Deck.

„Soll ich noch eine Aufnahme von dir mit diesem herrlichen Silberschweif auf dem Wasser machen?", fragte Henry. Sabine nickte, gab ihm den Fotoapparat und stellte sich fotogen an die Reling.

Henry wusste nicht so genau, lag es an der Situation, am bewegten Meer oder an sich selbst, dass er schwankte - innerlich und äußerlich. In seinem Innern schien gerade wieder ein Gefecht zwischen Gut und Böse abzulaufen.

„Wenn du diese Bilder für deinen kommenden Fotoband brauchst, möchtest du dann nicht auch ein personell anonymes Foto dabei haben? Es sei denn, du möchtest ein Foto mit deinem Gesicht im Buch", meinte Henry und konnte seine Stimme kaum im Griff halten.

„Nein, das wäre nicht professionell für einen Bildband für die Allgemeinheit. Ich werde ja ganz hinten ein Bild von mir einflechten. Mach doch bitte ein Foto von mir, das nicht mein Gesicht zeigt."

Sabine drehte sich um. Ihr Haar flog wunderbar im Wind dahin, mischte sich mit dem Silber auf dem Wasser - Henry hob den Fotoapparat.

Es würde ein wunderschönes Foto geben, mit viel Atmosphäre.   Henry sah durch den Sucher der Kamera eine schöne Frau vor sich, eine Figur, die sich mit dem Wasser verband, das in unendlicher Weite am Horizont verschwand.

„Einen Augenblick noch", rief Henry Sabine zu. „Lass mich noch eine Nahaufnahme machen. Was ich so durch den Sucher so gesehen habe, das dürfte ein Knaller-Bild werden, wenn ich das als Amateur mal so sagen darf."

Sabine lachte und drehte sich erneut um, sah hinunter in den silbernen Fluss, den die Fähre hinter sich ließ.

Henry kam ganz dicht heran, betätigte den Auslöser – noch einmal und noch einmal.   Es dauerte nicht einmal eine Sekunde, höchstens zwei, als er den Fotoapparat ablegte und Sabine mi beiden Händen packte – für sie völlig überraschend, starr ohne jegliche Gegenwehr, nicht verstehend, was da soeben geschah – mit ihr geschah.

Henry hebelte Sabines Körper aus, und sie verschwand mit einem Aufschrei im strudelnden Wasser, war noch kurz zu sehen, die Fähre entfernte sich schnell.   Dann war Sabine weg.

Henry sah sich verstört um. Außer ihm war niemand mehr an Deck. Anscheinend machten sich die Passagiere schon auf den Weg zu ihren Fahrzeugen, denn lange konnte es nicht mehr dauern, bis Schottland erreicht würde.

„Das Gepäck! Sabines Gepäck!", fuhr es durch Henry`s Kopf. „Ich muss ihr Gepäck noch los werden!"

Henry rannte zum Auto. Unterwegs sah er noch seine Reisegruppe, die wohl gerade im Begriff war, ebenfalls zum Autodeck aufzubrechen.

„Welch ein Glück, dass ich als Fahrer den Autoschlüssel habe", dachte Henry, als er es gerade noch schaffte, Sabines Gepäck aus dem Fahrzeug zu entfernen.

Er schaffte es im letzten Augenblick, das Gepäck ein paar Meter weiter in einer Nische des Schiffes abzustellen, dann kam schon seine Gruppe in Sicht.

„Wo ist Sabine ?", fragte Alexandra. „Henry, sie war doch zuletzt bei dir, oder?"

„Ja", erwiderte Henry – wieder völlig gefasst. „Sabine hat eigene Pläne entwickelt. Erst wollte sie an Land zu uns stoßen, dann hat sie sich entschlossen, sofort wieder zurück zu fahren."

„Und das macht sie, ohne sich von uns zu verabschieden?", fragte Silke. Eine Spur von Misstrauen lag in ihrer Frage.

Henry konterte mit einer Eingebung, die er unter normalen Umständen kaum hervor gebracht hätte.

„Sabine wird sich bei uns melden – hat sie versprochen. Da die Fähre jedoch nur kurz an- und ablegt, ist Sabine noch oben beim Offizier vom Dienst, der auch für die Tickets verantwortlich ist. Sabine will damit in erster Linie sicher stellen, dass sie auch sofort mit zurück kann. Wenn unser Fahrzeug von der Fähre rollt und Sabine nicht dort an Land auf uns wartet, dann sollen wir fahren."

Von Parag nahm Henry an die Seite: „Hat Sabine sonst noch etwas gesagt. Ihr Verhalten ist wohl etwas ungewöhnlich."

„Nun, bei unserem Gespräch an Deck hat Sabine diese Idee entwickelt", sagte Henry. „Sie meinte, dass sie ja jetzt hier ist und nicht weiß, wann dies wieder der Fall sein wird. Aber irgendwie schien sie auch glücklich über ihre eigene Idee zu sein. Übrigens, sie wird versuchen, erst einmal wieder bei John in Ballycastle unterzukommen. Ich denke, dass wir uns um sie keine Sorgen machen müssen."

„Na gut", sagte von Parag.   „Dann werden wir uns jetzt mal unserem abendlichen Ziel zuwenden. Im B & B in Ayr werden wir wohl schon erwartet."

Im B & B   erwartete die Gruppe ein spätes Abendessen.   Danach saßen alle noch lange zusammen, bis sie dann doch irgendwann die Müdigkeit übermannte.   Sabine war das Haupt-Thema an diesem Abend.   Nicht alle konnten verstehen, dass sie sich in dieser Phase von der Gruppe verabschiedete.

Auch scheiterte jeder Versuch, sie telefonisch zu erreichen.

Die Fähre hatte ihre letzte Fahrt für heute aufgenommen – zurück nach Larne, wo am Abend ihr Liegeplatz vorgemerkt war. In Cairnryan waren nur wenige Personen zugestiegen, die heute noch zurück nach Nordirland wollten.

Außer diesen und ihren Fahrzeugen machte noch etwas anderes die letzte Fahrt mit. Und das war ein großer Rucksack. Aus diesem hatte ein Smartphone schon einige Male versucht, sich bemerkbar zu machen. Und erneut war deutlich eine Melodie zu hören.

Etwas ungehalten hatte der Offizier vom Dienst zur Kenntnis genommen, dass sich ein Gepäckstück an Bord befand, das nicht zugeordnet werden konnte.

„Wie kann das passieren? Wer ist dafür verantwortlich, dass hier gegen unsere Sicherheits-Bestimmungen hinsichtlich herrenlosen Gepäcks verstoßen wurde?"

Etwas kleinlaut meldete sich ein Matrose, sich vielmals entschuldigend.

Der Offizier sah ihn ernst an, ermahnte ihn streng und sagte: „Sie sind mir für dieses Gepäckstück verantwortlich. Es wurde wohl offensichtlich auf der Strecke Larne n a c h Cairnryan vergessen.

Da damit zu rechnen ist, dass das Gepäck auf schottischer Seite von jemandem ermisst wird, sollte es dort im Hafen-Fundbüro abgegeben werden oder vielleicht besser noch – bei der Polizei.

Der Matrose versprach es.

Tag 5

Von Parag`s Gruppe hatte den Tag wiederum mit einem üppigen Frühstück begonnen. Das Thema dabei war immer noch Sabine, die sich bis jetzt nicht gemeldet hatte. Man würde im Laufe des Tages immer wieder mal versuchen, sie zu erreichen, und vielleicht meldet sie sich ja auch von selbst.

Dieser Tag führte die Gruppe nach **Stirling**. Auf dem Weg dorthin gab es einen Aufenthalt beim „**Falkirk Wheel**". Von Parag hatte versprochen, dass sie so etwas noch nie gesehen hatten.

„Das „Falkirk Wheel" ist ein wahres Wunderwerk der Technik", sagte von Parag. „Es wurde 2002 durch Queen Elisabeth II anlässlich ihres goldenen Thronjubiläums eröffnet.

Es ersetzt eine Schleusentreppe von 11 Schleusen, die den „Forth and Clyde Canal" mit dem „Union Canal" verbinden. Falkirk Wheel ist praktisch ein Riesenrad für Schiffe und hat einen Durchmesser von über 35 Metern.

In Funktion können Schiffe einen Höhenunterschied von 24 Metern in einem einzigen Durchgang überwinden.

Die Schiffe fahren oben oder unten in einen Trog, der sich dann schließt. Durch eine Radnabe und eine horizontale drehbare Achse sind die Schiffe bei ihrer Fahrt immer waagerecht und kommen gleichzeitig oben oder unten an. Nach Öffnung der Trog-Klappen fahren die Schiffe dann aus den Trögen wieder heraus. Ich fuhr damals mit meiner Frau in einem 100 Personen-Schiff rauf und wieder hinunter. Wer jemals in diese Gegend kommt, sollte so eine Fahrt auf keinen Fall versäumen. Und diese Fahrt, die machen wir jetzt auch, denn ich habe hier „vorgebucht", da hier immer ein großer Andrang herrscht. Nur schade, dass Sabine nicht mehr dabei ist."

Von Parag hatte nicht zu viel versprochen. Das hier war wirklich ein Erlebnis und auch ein unvergesslicher Anblick.

„Schon wieder Wasser", ging es durch Henry`s Kopf. „Gut, dass es hier nur geschlossene Schiffe gibt."

Alles ging gut – die Gruppe landete wieder geschlossen und unversehrt auf dem unteren See.

Noch einen weiteren Höhepunkt hatte von Parag angekündigt. Die Fahrt ging also weiter in Richtung Stirling. Dort stand der Besuch vom **„Wallace Monument"** an, erbaut zu Ehren des schottischen Freiheitshelden William Wallace.

„Das ist schon ein mächtiger Turm", staunte Christian Steinbuch und fragte sogleich: „Wie viele Stufen muss ich denn da rauf, wenn ich mal runter sehen will?"

Von Parag hielt sich immer extra zurück, obwohl ihm das manchmal richtig schwer fiel – schließlich war er schon hier überall gewesen und konnte somit auch fast alles über diese Dinge beantworten.

Henry meldete sich pflichtbewusst als Reiseleiter. „Bis ganz hinauf sind es 242 Stufen. Da muss man also schon ganz schön Schnaufen. Aber wer nicht ganz bis oben will, dem bietet sich auch noch vorher oben ein Schauraum an, der unbedingt zu empfehlen ist, wenn man schon mal hier ist."

Christian schüttelte zwar den Kopf, teilte aber doch mit: „Gut, dann nehmen wir das als Pflichtübung auf uns. Ich werde allerdings nur bis zum bewussten Schauraum gehen; das wird mir reichen. Also meine Damen, ihr habt den Vortritt – ihr seid schneller.

Alexandra stellte dem anwesenden schottischen Fremdenführer Frage auf Frage. Sie wollte auch hier wieder viel erfahren, was sie beruflich als Redakteurin verwenden kann. Josef hörte sich die bauliche Seite mit großem Interesse an – ganz der Immobilienmakler!

Von Parag verfolgte diese Unterredung ebenfalls aufmerksam, um Eindrücke von seiner „ersten Gruppenreise" zu verinnerlichen. Und auch Christian hatte sich dazu gesellt – ihm waren die Stufen bis hier bereits beschwerlich genug gewesen; bis ganz nach oben musste es nicht sein. Da hatte er vorhin wohl den richtigen Entschluss gefasst.

Silke wollte ganz nach oben. „Als Landschafts-Gärtnerin habe ich von dort doch tolle Ausblicke – rund herum", sagte sie. „Vielleicht erfahre ich auch etwas über die Anlage der Landschaft, wenn diese nicht mehr ganz vorgegebene Natur ist, sondern bereits durch den Menschen verändert. Ich möchte so viel wie möglich lernen."

Henry gab ihr da vollkommen recht. „Na klar, die paar Extra-Stufen werden wir doch wohl noch packen. Ich komme mit, denn ich möchte diese Aussicht auch nicht verpassen – vielleicht komme ich ja nie wieder hierher, wäre doch zu schade."

Der Ausblick von ganz oben war wirklich beeindruckend. Auch das Wetter spielte wieder mit, und beide konnten unendlich weit schauen.

Silke stöhnte auf. „Wie dumm von mir, da habe ich doch tatsächlich meinen Fotoapparat unten im Wagen gelassen. Aber die vielen Stufen, die kann ich mir nicht noch einmal antun. Schade um diese verpasste Chance, wie ärgerlich."

Henry zögerte einen Augenblick. Er hatte Sabines Gepäck auf der Fähre beiseite geschafft. Ihren Fotoapparat, den er bei dem letzten Bild in seinen Händen hielt, den hatte er behalten. Der steckte in seinem Rucksack, und den hatte er auf seinem Rücken - warum, das wusste er selber nicht. Henry zögerte immer noch. Vor sich sah er Silke, die so fröhlich hier hinauf gestiegen war und – aus seiner Sicht – jetzt ziemlich traurig schien.

Er schnallte den Rucksack ab, holte das Gerät heraus und sprach Silke an, die ihm den Rücken zudrehte, ganz in die schöne Landschaft vertieft.

„Silke, ich kann da aushelfen. Wir können Fotos mit meinem Apparat machen. Die Aufnahmen stelle ich dir dann zur Verfügung. Ist dir damit geholfen?"

„Na klar", strahlte Silke jetzt wieder. „Mach bitte Aufnahmen von allen Seiten. Mit deinem Apparat kennst du dich ja wohl besser aus als ich."

Henry machte Fotos, wie es Silke gewünscht hatte. Für sich dachte er: „Wenn du wüsstest - keine Ahnung, was man mit diesem Profi-Gerät so alles machen kann. Ich habe bis jetzt ja noch nicht mal nachgesehen, ob die Fotos auf der Fähre etwas geworden sind. Henry fertigte eine ganze Serie von Fotos an, versuchte es zumindest und hoffte, dass Silke nicht gleich sehen wollte, ob und wie sie geworden sind. Das hoffte er inständig. Er wurde immer unruhiger - mit jedem Foto, das er schoss.

Dann hatte er einen Gedanken, der ihn irritierte, und er dachte bei sich: „Reitet mich der Teufel, dass mir diese Idee kommt?" Er musste es einfach tun, als er Silke fragte: „Möchtest du nicht ein Foto als Erinnerung – hier von diesem Turm?"

Und wieder hieß es von Silke: „Na klar, das wäre doch schön. Stehe ich hier gut so?"

Henry sah sich um - die beiden waren allein hier oben. Nur Werkzeuge lagen noch herum. Die Bauarbeiter hatten wohl schon Feierabend – waren wahrscheinlich bereits im Pub.

Silke stellte sich in Positur – glücklich lächelnd. Henry machte mehrere Aufnahmen, zuletzt ging er ganz nahe heran, um ein Porträt zu schießen, mit dem Zoom kam er nicht zurecht. Warum hatte dieses Gerät auch so viele Bedienelemente und so viele Möglichkeiten!

Silkes Lächeln verschwand, Henry sah das durch den Sucher. Er sah, wie Silke ihre Hand ausstreckte, wie ihre Hand auf ihn zu kam.

„Sag mal", rief sie überrascht aus. „Der Apparat sieht ja genau so aus, wie Sabine einen hat. Warum habe ich eigentlich auf dieser Reise noch nicht gesehen, dass auch du Fotos gemacht hast?"

Silkes Hand hatte den Fotoapparat erreicht, riss ihn Henry aus der Hand. Silke starrte jetzt mit riesigem Entsetzen auf den Apparat, sah darauf die **Insignien** „S.C.".

„Wieso hast du Sabines Fotoapparat? Was ist wirklich passiert? Warum ist Sabine wirklich nicht hier? Ich brauche Antworten, los sag was!"

Henry wollte ihr den Apparat entreißen, doch Silke hielt ihn fest in ihren Händen – wich einen Schritt zurück – Angst in ihren Augen – Angst vor Henry!

Henry versuchte weiter, ihr den Fotoapparat zu entreißen, was ihm nicht gelang.   Er wusste selbst nicht - war es Zufall oder Absicht, dass er dabei Silke dermaßen stieß, dass sie taumelte.

Den Fotoapparat ließ Silke nicht los, aber sie verlor immer mehr ihren sicheren Stand.   Nach einer weiteren Berührung von Henry war es restlos vorbei. Silke strauchelte und begann, rückwärts über die Brüstung zu fallen.   Erstaunen und Entsetzen wechselten sich in ihrem Gesicht ab.

Ein letztes Mal griff Henry, der einen Schritt auf sie zu gemacht hatte, nach dem Fotoapparat. Es war ihm nicht bewusst, dass er nach diesem Gegenstand griff und nicht etwas versuchte, Silke zu halten, sie vor dem tödlichen Sturz zu bewahren.

Bereits im Fallen löste Silke unbewusst den Auslöser aus.   Die Bedienung stand auf Serie. Und während Silke fiel und fiel, dokumentierte die Kamera Meter um Meter des Turmes.

Im Schauraum sah von Parag auf seine Uhr. Eigentlich war es an der Zeit, ihr nächstes B & B anzusteuern. Wo blieben nur Silke und Henry. Nun ja, die Aussicht oben war einfach überragend. Ein paar Minuten würde er ihnen noch geben, dann sollte einer die beiden holen.

Es waren entscheidende Minuten. Fünf Minuten eher – es hätte auf dem Turm keine Fotos gegeben. Doch das konnte nun wirklich niemand ahnen.

Das kleine **schottische Polizeirevier** hatte Besuch. Es war der Matrose der Fähre, der ein Fundstück abgeben wollte. Das kam gar nicht so selten vor, Passagiere ließen nun einmal hier und da etwas liegen. In diesem Rucksack aber befanden sich nicht nur normale Kleidungsstücke, sondern es waren auch noch Personalpapiere, eine Brieftasche und ein Flugticket darin.

„Schon seltsam, dass sich niemand seit gestern gemeldet hat", sagte der diensthabende Beamte Stirn-runzelnd. „Papiere braucht man doch und auch das Geld, irgendwie macht mich das stutzig."

Mit einem weiteren Kollegen ging er an Bord der Fähre und bat den Kapitän darum, ihm die bei jeder Fahrt immer getätigten Video-Aufnahmen zu zeigen.

Dank des gefundenen Ausweises wusste man ja, wie die „Verliererin" aussah. Und tatsächlich war sie auch zu sehen, wie sie aus einem Fahrzeug ausstieg. Nicht er erkennen war, wie und ob sie auch wieder von Bord ging oder fuhr.

Die Papiere wiesen die Verliererin des Rucksacks als Deutsche aus. Die Beamten hatten schon versucht, die örtlichen Kollegen in Deutschland zu informieren. Aber unter der angegebenen Anschrift war niemand zu erreichen, auch kein Verwandter.

Dass diese Frau - Sabine Charlton - offensichtlich wohl noch in Schottland war,   half   auch nicht wirklich weiter.   W o   soll man sie denn suchen?

Im Schauraum des Wallace-Monuments kam Unruhe auf. Zahlreiche Besucher eilten zur Treppe.

„Es ist etwas schreckliches passiert", hörte von Parag einen der die Treppe hinab hastenden rufen.

Von Parag sah zu seinen drei Gruppenmitgliedern. „Christian, Alexandra, geht ihr bitte schon einmal nach unten. Ich werde mit Josef nach oben gehen und nach Silke und Henry schauen, damit sie auch hinunter kommen."

Josef Stift war schon auf dem Weg nach oben, von Parag hinter sich. Schnaufend kamen sie oben an, so sehr hatten sie sich beeilt.

Sie sahen Henry, von Silke war keine Spur zu sehen. Und Henry – was war denn mit dem los? Der kniete auf dem Boden, die Stirn auf den kalten Beton gedrückt, die Hände hinter dem Kopf verschränkt. Die Tränen in seinem Gesicht waren echt. Henry schmeckte, dass sie salzig waren. Was war nur mit ihm los? Wie dachte er hier so hoch oben auf einem Turm an Salzwasser, wo doch hier weit und breit keines zu sehen war?

Josef und von Parag knieten neben Henry, hoben seinen Kopf, blickten in nicht verstehende Augen.

„Wo ist Silke?" fragte Josef leise, nachdem er sich noch einmal oben auf der Turmspitze gründlich umgesehen hatte.

Henry antwortete nicht, konnte nicht antworten. Eine Antwort wurde ihm aber abgenommen, denn es war nicht zu überhören, dass „unten" ein Tumult ausgebrochen war. Vorsichtig schauten Josef und von Parag über die Brüstung. Ihnen schwindelte es etwas dabei – kein Wunder in dieser enormen Höhe. Was sie unten am Fuße des Turmes sahen, das war eine enorme Menschenmenge, die sich dort inzwischen angesammelt hatte. In deren Mitte lag ein Körper, ein weiblicher Körper, wie von Parag und Josef selbst von hier oben unschwer erkennen konnten.

Die beiden sahen sich an, sahen dann den immer noch am Boden knienden Henry an, der weiter hemmungslos schluchzte.

Vorsichtig näherte sich Josefs Hand Henrys Schulter. Der zuckte enorm zusammen und sprang auf. Sein ganzer Körper bebte – er sah Josef und von Parag verständnislos an.

„Was ist passiert? Henry, was ist mit Silke passiert?", fragte von Parag.

Henry brachte keinen Ton heraus. Er zeigte nur stumm auf den Rand des Turmes, auf die Brüstung des Rundgangs.

Es dauerte weitere Minuten, bis es aus Henry heraus sprudelte: „Silke – mein Gott Silke! Sie war auf einmal weg! Sie wollte doch nur noch ein letztes Foto machen – hier vom Turm hinunter zum Boden. Alle anderen Fotos hatte sie schon gemacht. Wo ist Silke?"

Henry unfallfrei und unverletzt die vielen der 242 Stufen hinunter zu führen, war für von Parag und Josef kein leichtes Unterfangen. Henry drohte immer wieder zu stürzen, was angesichts der schmalen und steilen Stufen immens gefährlich war.

Und die beiden Hinabführer hatten ihre liebe Mühe, nicht selbst zu stürzen. Henry schien irgendwie kraftlos und schwer wie ein Sack Zement zu sein.

Dann kamen sie endlich zu Dritt unten an.

Auf dem Polizeirevier war man nicht untätig gewesen. Schließlich hatte man ein klares Bild von der Eigentümerin des auf der Fähre gefundenen Rucksacks. Wo konnte sich Sabine Charlton nur zurzeit aufhalten?

Einer der Revierbeamten kam gerade von einer Schulung. Nachdem man ihn auch auf den neuesten Stand der hiesigen angefallenen Revier-Vorgänge gebracht hatte, hatte der eine Idee.

„Ihr habt also ein Foto der Person, die ihr sucht. Wie wäre es, wenn ich gleich und hier meine Erkenntnisse aus der IT anwenden kann. Auch die Kollegen aus anderen Dienstbezirken legen – wie wir – großen Wert auf Zusammenarbeit. Dies ist zwar nur ein geringer Fall, wohl ohne allzu große Bedeutung, aber wir könnten gleich eine Übung daraus machen, welche Möglichkeiten es gibt, diese Person zu finden. Was meint ihr dazu?"

Allgemeines Kopfnicken war die Antwort und die des Dienststellen-Leiters lautete außerdem: „Worauf warten – fangen wir an. Wie lautet dein Vorschlag?"

„OK, wir scannen zunächst das Foto ein. Dann geben wir es in einen Suchlauf, ob es irgendwo einen Treffer-Vorgang gibt."

Der Dienststellenleiter legte den Kopf schief und meinte: „Das ist ja eigentlich nicht neu. So einen Suchlauf konnten wir ja schon länger starten. Was sind denn dann die neuen Erkenntnisse aus eurem Lehrgang? Hat sich die Veranstaltung überhaupt gelohnt?"

„Sicher, Chef", antwortete der Gefragte lächelnd. „Zusätzlich zu unserem bisherigen Suchlauf gibt es eine neue Software, die ich mitgebracht habe. Die werde ich gleich mal in unser IT-System einspeisen. Also – neu ist, dass wir unsere eingescannten Bilder auch mit anderen Systemen vernetzen können, die bisher eigentlich mehr privat waren. Wie ihr mir gesagt habt, ist die vermisste oder zumindest gerade nicht aufzufindende Person am 7. Juni an Bord der Fähre gewesen. Haben wir eine Kopie der Aufzeichnungen hier?"

„Ja, das haben wir", sagte ein Kollege. „Die Kopie haben wir vorsichtshalber hier gespeichert, weil die Fähre ja andauernd unterwegs und das Kamera-System darauf dann nicht immer verfügbar ist. Wir haben also das Band hier, wo die einzuscannende Person auch mit drauf ist."

„Gut", sagte der Lehrgangs-Kollege. „Dann lasst uns mal alles einspeisen, das Vergleichs-Programm starten und abwarten, was der Computer kann."

Es dauerte nicht allzu lange, die Scannung zu erledigen, das neue Programm einzuspeisen, das Videoband der Fähre ebenso. Der Computer begann seine Arbeit.

Erwartungsvoll schaute die ganze Revier-Mannschaft auf den Bildschirm. Ein Beamer würde das Ergebnis, sofern es denn eines geben wird, auf eine Leinwand übertragen, um eine möglichst vielfache Vergrößerung zu erreichen.

Unten am Turm-Ausgang wurden die Drei bereits von Christian und Alexandra erwartet. Die beiden stürzten tränenüberströmt auf von Parag, Josef und Henry zu.

„Ihr wisst, was hier gerade passiert ist?", fragte Christian. „Und was ist mit Henry los – der sieht ja schrecklich aus!"

„Wir haben bereits von oben gesehen, was los ist und natürlich nach Rücksprache mit Henry. Wie ihr seht, er ist vollkommen fertig. Er war ja beim Absturz von Silke dabei."

Inzwischen waren auch Polizeibeamte eingetroffen. Der Notarzt hatte den Krankentransportwagen bereits wieder weg geschickt. „Da ist nichts zu machen.", hatte er gesagt. „Dies ist kein Fall mehr für ein Krankenhaus."

Von Parag ging zu den Beamten, zeigte seinen Ausweis und teilte mit, dass die abgestürzte Frau zu seiner Reisegruppe gehört.

Der diensthöchste Polizeibeamte vor Ort bat darum, dass die Gruppe sich morgen früh bitte im örtlichen Polizeirevier in Stirling meldet. Dort würden dann alle noch offenen Fragen geklärt.

Tag 6

Etliche Meilen entfernt lief immer noch die Daten-Ermittlung mit dem neuen Programm **im Polizeigebäude**. Dann stoppte das System die Verarbeitung und auf der Leinwand waren zwei Bilder zu sehen. Die linke Seite der Leinwand zeigte Sabine Charlton, das eingescannte Bild aus dem Ausweis. Auf der rechten Seite war zu sehen, wie sich diese Frau auf der Fähre befand. Dass sie aus einem Fahrzeug gestiegen ist, das wusste man ja bereits. Aber die Fähre hatte mehrere Kameras an Bord. Am Heck der Fähre war Sabine mit einem Mann zu erkennen.

Mit dem siebten Sinn überprüften die Beamten, ob dieser Mann auch mit dem Fahrzeug zu tun hat, aus dem Sabine Charlton gestiegen war, was nach wenigen Augenblicken fest stand – es war der Fall. Die Beamten konnten das Kennzeichen des Fahrzeugs erkennen. Kurz danach ging ein Fax an die zuständige Behörde raus, um Erkenntnisse darüber zu erlangen, wem das Fahrzeug gehört. War es ein Mietwagen, und gab es Hinweise darauf, in welchen Gegenden es eingesetzt wurde?

Das Antwort-Fax kam prompt. Darin wurde ein Deutscher als Mieter genannt. Gemietet worden war das Fahrzeug in Nordirland – bis zum 11. Juni.

Auf dem Fax befand sich noch der Vermerk, dass das Fahrzeug in Schottland zurück gegeben werden soll – am 11. Juni am Flughafen Glasgow. Der Mieter hatte angegeben, dass das Fahrzeug für eine Reisegruppe ist, die von Nordirland aus mit der Fähre in Larne nach Schottland fahren will, wo eine Rundreise bis zur Rückgabe geplant ist.

Intensiv überlegten die Beamten die weiteren Schritte. Über den Verbindungs-Beamten bei der höheren Dienststelle in Glasgow wurde versucht, mehr über den Mieter des Fahrzeugs zu erfahren. Glasgow soll über die in Deutschland zuständige örtliche Polizei erfragen, ob es einen bekannten Aufenthalt in Schottland gibt – evtl. eine Reiseroute.

Das alles blieb erst einmal erfolglos. An von Parag`s Anschrift konnte niemand angetroffen werden. Die befragten Nachbarn gaben an, dass sich Horst von Parag in Schottland aufhält, aber das wusste man ja hier auch bereits. Die Ehefrau wäre auf einer Urlaubsreise mit ihrer Tochter – Aufenthalt ebenso unbekannt.

Was nun – soll man dem Fall weiter nachgehen, einem Fall, der nur einen vergessenen Rucksack betrifft?   Mehr konnten die Beamten ja nicht ahnen.

Für die einen sind es mehr oder weniger unwichtige Kleinigkeiten, für andere lohnt sich ein Verbeißen in bestimmte Nachforschungen, wenn man vom nötigen Ehrgeiz ergriffen ist.

Der vom Lehrgang zurück gekehrte Beamte der schottischen Polizei hatte diesen Ehrgeiz. Unter dem Begriff „vermisste Personen" gab er die Daten von Sabine Charlton ein und natürlich deren bekanntes Foto.   Dann griff er nach dem Telefon und rief einen Freund an, der bei der Polizei in Nordirland arbeitet.

Trotz der späten Stunde konnte er ihn erreichen. „Hi Chris", begrüßte ihn John McConrad aus Schottland.   Dann schilderte Chris seinem Freund den Rucksack-Fall.

Da auch dieser Kollege beim bekannten IT-Lehrgang war,   hatten   beide großes Interesse, den theoretischen Stoff auch in die Tat umzusetzen – in die Praxis.

„OK, das sehe ich auch so", sagte Chris. „Das Fahrzeug mit der Gruppe war hier in Nordirland unterwegs, und am 7. Juni wurde die Fähre benutzt. Ich könnte die Tage vom 5. bis 7. Juni auswerten lassen. Auch wenn die Sache nicht so spektakulär ist, so haben wir hier doch eine gute Möglichkeit des Ausprobierens – und das sogar eigentlich Insel-übergreifend – scherzte er."

„Vielen Dank für deine Unterstützung, Chris", sagte John. „Ich stelle sofort hier bei uns die vorhandenen Daten und Fotos ins Netz. Die kannst du ja auch von dort abrufen – ein Fortschritt. Melde dich doch bitte, falls du neue Erkenntnisse hast. Und vergiss nicht, es ist schon spät, du hast auch noch ein Zuhause.

„Alles klar, bis Morgen mal", rief Chris zurück und dachte, dass man als Polizeibeamter nie wirklich Feierabend hat.

Er stellte die nötigen Verbindungen im neuen Fahndungs-System her. Damit konnte er so einige Punkte überprüfen, an denen Kameras Aufzeichnungen machten – sicherheits-relevante Überprüfungen.

Nachdem Chris überlegt hatte, wo diese Aufzeichnungen vorgenommen werden und welche Lokalitäten Touristen auf ihrer Tour aufsuchen, gab er ein: „Old Bushmills Destillery, einen bekannten National-Park, den Giant`s Causeway und die berühmte Hängebrücke natürlich.

Chris startete das Programm, schaute auf seine Uhr, die bereits „kurz vor Mitternacht" zeigte. Seufzend schloss er die Tür und wusste, dass er auch in dieser Nacht Zuhause wieder alle schon schlafend antreffen wird.

Aber zugleich dachte er auch voller Spannung bereits daran, was der Computer am nächsten Morgen ausspuckt.

Würde das Programm Erkenntnisse über die Frau und den Begleiter von der Fähre, dessen Bild ebenfalls eingespeichert war, liefern?

Tag 7

Den gestrigen Tag hatten von Parag und seine verbliebenen Reisegruppen-Mitglieder auf der Wache in Stirling verbracht. Sie alle waren noch zutiefst erschüttert, und eigentlich sahen sie keinen Sinn in den vielen Fragen, die ihnen allen gestellt wurden. Die Sache war doch schon schlimm genug, aber die Beamten machten ihre Arbeit eben sehr gründlich – das mussten alle anerkennen.

Letztendlich wurde die traurige Angelegenheit als Unfall eingestuft. Vom Ausflug nach Schottland war für von Parag`s Reisegruppe jetzt nur tiefe Niedergeschlagenheit übrig geblieben. Dabei hatte doch alles so schön angefangen in Nordirland.

Heute war schon der letzte Tag hier, denn morgen stand bereits der Rückflug nach Deutschland an. Da die Gruppe noch Zeit hatte, war vorgeschlagen worden, noch einmal zum Wallace Monument zu fahren, um dort Blumen zu hinterlegen. Was mit Silke geschieht, darum kümmert sich die Polizei, denn in der Gruppe ist kein Angehöriger.

In Nordirland kam Chris bereits wieder am frühen Morgen in seine Dienststelle. Sein Computer hatte einige Seiten Material ausgespuckt, das Chris nun sichtete. Die Anfrage bezüglich Abgleich am Giant's Causeway war negativ. Auch die Abfrage beim Nationalpark hatte nichts hervor gebracht, genau wie die Überwachungs-Bilder in der Old Bushmills Destillery.

Noch während Chris etwas enttäuscht die angesehenen Schriftstücke beiseitelegte, meldete sich sein Computer erneut. Gleichzeitig begann der Drucker zu arbeiten.

Gespannt nahm Chris die Ausdrucke aus dem Gerät. „Na also", rief er begeistert. „Die Polizei ist doch dein Freund und Helfer!" Und sofort stellte er eine Verbindung mit John in Schottland her.

„Hallo John, mein Freund", rief Chris immer noch in Begeisterung schwelgend aus. „Das Programm ist wirklich super. Gut, dass wir das ausprobiert haben. Also, meine Abfragen haben ergeben, dass die gesuchte Frau bei der „Hängebrücke" war. Und halt dich fest, auch der Mann, der auf der Fähre bei ihr war – der ist auch auf dem Überwachungs-Material, ebenso an der Brücke. Du wirst es kaum glauben, aber an der Brücke wird ebenfalls jemand vermisst – der Brücken - Wärter, seit dem 6. Juni.

„Super, gute Arbeit", rief auch John voll begeistert. „Aber noch ein Vermisster?   Langsam beginnt der Rucksack doch eine ernste Angelegenheit zu werden.   Irgendwie scheint eine Verbindung zu existieren.   Ich denke, dass ich auch hier in Schottland mal einige Erkenntnis-Durchläufe bei beliebten Touristen-Attraktionen starten sollte. Wer hätte gedacht, dass wir schon so früh und direkt nach unserem IT-Lehrgang diese Dinge zum Einsatz bringen können – und dann noch mit Erfolg!"

Am Wallace-Monument stand die restliche Gruppe um von Parag herum am Eingang des Turmes. Für alle war noch ersichtlich, an welcher Stelle Silke am Boden gelegen hatte. Die Polizei-Absperrungen waren inzwischen aufgehoben worden. Man ging ja nicht von einem Tatort, sondern von einem Unglücks-Fall aus. Der Betrieb lief eben weiter, und die heutigen neuen Touristen wussten schließlich nichts davon, was sich gestern hier ereignet hatte.

Das war natürlich für von Parag und seine Begleiter etwas völlig anderes. Sie legten Blumen nieder und Alexandra hatte Kerzen besorgt, die angezündet wurden. Nicht einer der Umstehenden fragte nach dem „warum".

Auf dem Revier in Stirling lag die Kamera auf dem Schreibtisch des diensthabenden Inspektors – Silkes Kamera, wie vermutet wurde, weil die zusammen mit Silke vom Turm gestürzt war.

Inspektor McGovern nahm sie in die Hand, schaltete sie ein.   Er sah Bilder, die jeder Tourist wohl in seinem Urlaub macht - Bilder aus Nordirland, Bilder von einem Frühstück am Fischteich, Bilder auf einer Fähre.

Die letzten Bilder auf dem Speicherchip ließen McGovern laut ausatmen.   Er gab so einen lauten Pfiff von sich, dass der Kollege am Nachbar-Schreibtisch neugierig und fragend zu ihm schaute.

„Mein Gott", sagte McGovern zu seinem Kollegen. „Sieh dir das mal an!"

Was der Kollege sah, waren Serien-Aufnahmen, die Silkes Sturz zeigten.   Die tödlich Verunglückte musste wohl im Stürzen den Auslöser gedrückt haben.   Was aber beide ebenfalls sahen, das war ein Mann, der direkt vor Silke stand und mit den Armen offensichtlich nach ihr Griff.

McGovern schüttelte den Kopf, sagte: „Wenn du auch meinst, was ich denke, dann ergibt das Ganze jetzt ein völlig anderes Bild.   Was sagst du ?"

In Nordirland hatte Chris erneut sein Erkennungs-Programm gestartet. Die gestrigen Daten waren noch im Computer – wie die Bilder von Sabine Charlton und „dem Mann".

Zusätzlich hatte er jetzt einige Attraktionen in Schottland eingegeben, solche, die für die Zeit nach der Fährfahrt bis zum Rückflug in Glasgow infrage kamen. Sein feines Gespür sollte ihn nicht trügen.

Nach einigen negativen Auskünften erfolgte ein Treffer. Es war das Wallace-Monument, das ein Bild lieferte - Henry`s Bild.

Deutlich war zu sehen, wie der den Turm betrat. Mit ihm waren anscheinend noch Personen, die sich untereinander kannten - offensichtlich Personen, die zu seiner Gruppe gehörten, wahrscheinlich Personen, die mit zum Fahrzeug auf der Fähre Larne gehörten.

Chris gab in sein System ein: „Wallace Monument". Sekunden später gab sein Polizei-Register die Meldung aus, dass es dort einen tödlichen Unfall gegeben hat – den tödlichen Absturz einer Frau.

Chris war elektrisiert – das war doch alles ein bisschen zu viel Zufall, fand er. Er hatte so Recht.

Und er spulte jetzt das volle Polizei-Programm ab. Er nahm Kontakt mit dem zuständigen Inspektor in Stirling auf. Der hieß McGovern – zuständig für den Fall „Wallace-Monument".

Chris gab dem seine gesamte Erkenntnisse durch, und dem Inspektor in Stirling sträubten sich die Haare. McGovern gab jetzt seinerseits die Erkenntnisse an Chris weiter und berichtete von der Kamera, von den Aufnahmen, die vor ihm auf dem Schreibtisch lagen. Den Fotos nach war die Abgestürzte rückwärts vom Turm gefallen. Wollte sie der Mann, der nach ihr Griff, sie halten oder hat er sie hinunter gestoßen.

McGovern bedankte sich bei Chris und versprach diesem, sofort zu handeln. Denn er wusste, dass sich die Gruppe um von Parag in diesem Moment am Turm aufhielt, um von Silke Pumpe symbolisch Abschied zu nehmen.

Mehrere Streifenwagen fuhren vom Hof des Präsidiums, dem Wallace Monument entgegen.

Am Wallace Monument stand von Parag`s Gruppe immer noch stumm vor den niedergelegten Blumen und den brennenden Kerzen.

Sie nahmen die Touristen gar nicht wahr, die neugierig geworden waren und die Gruppe argwöhnisch betrachteten. Aber keiner wagte es, zu fragen – warum ? Die Gruppe stand wohl schon länger als eine Stunde dort – keiner regte sich von der Stelle.

Sie hatten ohnehin heute nichts mehr vor – an diesem letzten Abend in Schottland. Eine Abschiedsfeier war geplant gewesen, die verständlicherweise ersatzlos gestrichen wurde, denn sie würde nicht stattfinden, weil niemandem danach zumute war.

Auf dem Parkplatz vor dem Turm entstand plötzlich Unruhe. Mehrere Autos kamen gleichzeitig an, bei denen sich gleichzeitig alle deren Türen öffneten. Alle Personen kamen auf den Turm zu.

Henry sah sie zuerst. In dem Augenblick, wo er dies registrierte, da wusste er, wer da auf sie zu kam. Und dann erkannte er auch den Inspektor – McGovern, den, der ihn gestern verhört hatte.

Noch kurz bevor die anderen der trauernden Gruppe dieses mit bekamen, nahm Henry eine der niedergelegten Blumen und sagte: „Ich werde ganz nach oben gehen.   Mir ist danach, dort eine Blume niederzulegen – oh Gott, mir ist einfach danach."

Von Parag nickte nur, Alexandra, Josef und Christian sahen ihn nur stumm an. Henry verschwand im Turm.

Die Männer vom Parkplatz legten an Tempo zu. McGovern stürmte ihnen voran.   Er hatte Henry sofort erkannt und mitbekommen, wie der in den Turm gelaufen war.

McGovern lief an der Gruppe vorbei, schon etwas außer Atem, als er von Parag zurief: „Bleiben sie bitte alle hier unten.   Dies ist eine Polizeimaßnahme!"   Und weiter rannte er an erstaunten Touristen und den nicht minder staunenden Gruppenmitgliedern vorbei – in den Turm.

Der Inspektor wusste, was ihm bevor stand. Er kannte das Wallace Monument und beherrschte sich, nicht an die vielen Stufen zu denken.

Henry war gut in Form, er hatte es beinahe in Rekordzeit geschafft, oben auf dem Turm anzukommen. Regelrecht vorbeigeflogen waren die 242 Stufen, die ihm vorgestern noch mühsamer vorgekommen waren. Wie er dann wieder herunter kam, das wusste er eigentlich gar nicht mehr genau. Aber genau wusste er, was dort oben passiert war, daran konnte er sich nach und nach erinnern, und jetzt war die Erinnerung wieder voll da.

Seine Erinnerung war in dem Moment komplett, als er den Inspektor heraneilen sah, und Henry wusste sofort „Der kommt wegen mir!"

Henry sah sich um. „Hier oben soll also Endstation sein?", dachte er. „Ich werde nie wieder etwas gemeinsam mit meinem Autor unternehmen dürfen. Hier oben gib es keinen Ausweg. In wenigen Augenblicken werden die Beamten hier sein, mich verhaften, alle meine Träume vernichten."

Henry erinnerte sich an einen Roman „seines" Autors. Da spielte auch eine Szene auf diesem Turm. Die Flucht gelang den Verfolgten, weil Bauarbeiter Ausbesserungen vornahmen. Henry erinnerte sich jetzt genau. Die Bauarbeiter hatten den Flüchtenden geholfen und den Verfolgern den Weg im Treppenhaus versperrt.

Sie hatten das so lange getan, bis alle über einen Lastenaufzug den Boden erreichen und endgültig fliehen konnten.

Hier oben war niemand, der ihm noch helfen konnte. Henry machte ein paar Schritte auf der runden Aussichtsplattform. Er stutzte - was war das? War „e r" etwa „mitten in dem Roman", an den er gerade gedacht hatte?

Vor ihm lagen Werkzeuge. Anscheinend waren wiederum Arbeiten hier auf dem Turm zugange. Und er konnte seinen Augen kaum trauen – er sah einen Lastenaufzug!

Was Henry noch sah, das war McGovern, der soeben die letzte der vielen Stufen bewältigt hatte. Der Inspektor musste einen Augenblick stehen bleiben, dachte daran, dass seine letzte Sportstunde schon recht lange her war. Aber große Eile war ja jetzt auch nicht mehr geboten. Der Mann von den vielen Fotos konnte nicht mehr weg. McGovern würde einen weiteren Fall erfolgreich abschließen können. Für ihn war der Fall glasklar, der Täter stand direkt vor ihm.

Ein letzter Blick auf den Inspektor, ein weiterer auf den Lastenaufzug. McGovern konnte es nicht mehr verhindern. Henry sprang in den Lastenkorb und riss zeitgleich den Hebel für die Fahrt nach unten in die richtige Stellung. Der Aufzug setzte sich in Bewegung. Henry bekam wieder einen klaren Kopf und offensichtlich Oberwasser, als er rief: „ Lesen bildet, tschüs Herr Inspektor!"

Dass er damit von Parag`s Turm-Flucht-Geschichte meinte, das konnte McGovern ja nicht wissen.

Henry hatte wohl nicht mit der Reaktion des Inspektors gerechnet. McGovern war heran, riss nun seinerseits an dem Hebel des Lastenaufzuges und brachte ihn auf „Stopp".

Henry war sich seiner Sache wohl zu sicher. Zwar hatte er den Inspektor nach einer Fahrt über schon mehrere Meter in die Tiefe oben am Rand gesehen, jedoch nicht mit dessen Geistesgegenwärtigkeit gerechnet.

Es gab einen höllischen Ruck, als der Aufzug abrupt stoppte. Henry verlor den Halt, sah völlig entgeistert hoch – blickte McGovern an.

Henry sah ihm direkt in die Augen, dann fiel er rücklings aus dem Korb in die Tiefe.

Touristen schrien auf, Henry`s Mitreisende schauten entsetzt nach oben.

„Wie Silke", dachte Henry noch, dann schlug er hart auf dem Boden auf.   Sein Körper gab kein gutes Bild ab, ein Bild, auf das man besser verzichten möchte.   Viele Besucher rannten in Panik davon, andere konnten sich kaum vor Entsetzen rühren.

Henry hätte beinahe die aufgestellten Kerzen und die niedergelegten Blumen getroffen, äußerst knapp nur verfehlt. Henry lag schon einige Sekunden dort, als zwei der aufgestellten Kerzen umfielen und erloschen – erloschen an der Stelle, an der auch Silke ihr Leben ausgehaucht hatte.

Inspektor McGovern kam soeben wieder aus dem Turm. „Das muss ich auch nicht jeden Tag haben", dachte er. „Kriminalfälle sind ja mein tägliches Brot, was ich mir selbst eingebrockt habe. Aber eine Turmbesteigung mit dieser Treppenanzahl, das macht mich noch fertig."

Er ging zu von Parag und seiner Gruppe und schüttelte jedem die Hand. Dabei erwischte er sich bei dem Gedanken „Ich sage besser gar nichts, denn Beileid ist hier wohl nicht angebracht. Die Menschen aber, die das alles hier erleben mussten, die tun mir entsetzlich leid."

McGovern bat von Parag und seine Leute darum, noch einmal mit zur Polizeiwache zu kommen. Dort klärte er alle Anwesenden auf, dass dies kein Unglücksfall gewesen ist, ebenso wenig, wie der Tod von Sabine Charlton. Der Inspektor zeigte den ungläubig dreinblickenden den Fotoapparat, die Bilder von der bisherigen Reise und vor allem zeigte er ihnen die Bilder, die die Kamera bei ihrem Sturz vom Turm aufgenommen hat.

„Es besteht bei uns keinerlei Zweifel", sagte er zum Schluss. „Dieser Henry ist wohl ein Mörder.

Wahrscheinlich ist er sogar ein mehrfacher Mörder. Wir hier vom Ermittlungsteam sehen das so im Zusammenhang mit den Vorkommnissen auf der Fähre und auch an der Hängebrücke."

Mit Entsetzen hatten von Parag, Alexandra, Josef und Christian den Ausführungen gelauscht. Ihnen allen wurde jetzt bewusst, warum Sabine auf der Fähre verschwunden war. Dass dann auch noch der freundliche alte Herr auf der Hängebrücke mit hineingezogen wurde, das machte alle fertig. Und da war ja auch noch die Sache mit Sabines Kamera, die in Henrys Händen war – warum wohl.

Was ihnen noch bewusst wurde, das war, sie alle hatten in Lebensgefahr geschwebt - mehr oder weniger. Aber ein nur geringer Anlass hätte über Leben und Tod entscheiden können. Sie hatten einen Psychopathen an ihrer Seite gehabt.

Tag 8

- 11. Juni 2017 -

Am Flughafen in Glasgow stand eine Reisegruppe wie ein Häufchen Elend zusammen. Zu ihnen hatte sich Inspektor McGovern gesellt, der ihnen noch Fragen beantwortete, die gestern noch offen geblieben waren.

Bezüglich Silke und Henry konnten bisher noch keinerlei Angehörige ermittelt werden. Sie würden bis zu einer weiteren Klärung in Glasgow in der Gerichtsmedizin bleiben. Ihr Gepäck blieb ebenfalls hier, bis zum endgültigen Abschluss der Ermittlungen, die auch in Nordirland wegen der Brücke und der Fähre noch andauerten. Auch bezüglich Sabine Charlton waren noch keine Angehörigen bekannt geworden.

McGovern bat alle darum, ihn zu informieren, wenn sich in Deutschland diesbezüglich etwas ergeben würde.

Dann erfolgte der letzte Aufruf für die Maschine nach Deutschland.

Während des Fluges war kaum gesprochen worden. Alle waren noch von dem schrecklichen Geschehen und den Erkenntnissen, die ihnen McGovern so schonend wie möglich beigebracht hatte, mehr als nur erschüttert.

In der Flughafenhalle gab es deshalb kein „Hallo", sondern mehr oder weniger einen fast stillen Abschied voneinander.

Eine so mehr als fröhlich geplante Reise hatte ein bedrückendes Ende genommen.

Epilog

- 3 Monate später –

Von Parag hatte den heutigen Termin nicht vergessen. Nach den Erlebnissen seiner ersten Gruppenreise hatte er eine große Schreibpause gemacht. Er nahm sich vor, sich mehr als früher seiner Familie zu widmen. Seine Tochter war erfreut, dass sie jetzt ihre Eltern öfter zu sehen bekam, zudem der nächste Enkel bald auf die Welt kommen würde.

Und seine Frau hatte auch mehr von ihrem Mann, der sich schon lange nicht mehr in sein Büro zurück gezogen und die Nacht schreibend zum Tag gemacht hatte.

Heute aber ist noch einmal etwas aufzuarbeiten. Von Parag wird sich mit Christian, Alexandra und Josef noch einmal in dem Restaurant treffen, in dem alles begann – die Erstbesprechung der Reise.

Von Parag wird von seiner Frau begleitet, die ihn nicht allein zu dem Treffen lässt, denn leicht wird dies für alle Beteiligten nicht.

Das Treffen bezeichneten alle – und es waren alle gekommen – als positiv.   Jetzt war es an der Zeit, diese Erlebnisse abzuschließen.   Keiner war bereit dafür, das Erlebte in einem Buch zu verarbeiten. Einig waren sich auch alle darüber, sich regelmäßig zu treffen – auch eine Art von Therapie. Das nächste Treffen wird in drei Monaten stattfinden, in Gelsenkirchen, der Heimatstadt von Josef Stift.   Der heutige Abschied war sehr herzlich, ein Abschied von einem Treffen, an dem drei der Reisegruppe nie wieder teilnehmen würden.

Die Heimreise von Parag`s und seiner Frau stand immer noch unter dem Eindruck des heutigen Abends und des Grundes der Zusammenkunft. Das Erlebte würden alle nie so ganz abschütteln können, das merkten auch die beiden Eheleute.

Sie waren kurz vor ihrem Ziel, kurz vor ihrem Zuhause.   Von Parag, der an einer roten Ampel hielt, beugte sich zu seiner Frau, nahm ihre Hand und sagte: „Schatz, in Zukunft mache ich nur noch mit dir „zu Zweit" eine Gruppen-Reise."

E N D E

Informationen auch unter:

www : wolfgang pein bücher

oder wolfgang pein schafe

Nachfolgend befinden sich die Titel und auch die

ISBN-Nummern meiner Bücher,

die **bisher erschienen** und in jeder Buchhandlung

in Europa, Kanada und den USA „bestell bar" sind
oder auch per Amazon und

bei weiteren Bestell-Anbietern.

Alle Bücher gibt es **a u c h als E - Book**.

Außer dem „Johanna-Buch" sind alle Bücher für
Erwachsene/Jugendliche geschrieben worden !!!

Schaf-Geschichten mit Johanna

(ein **K i n d e r - Buch**

ISBN 9783848251032)

The adventures of two sheep friends

(in Englisch - ISBN 9783732233328)

Schafe mähen nicht nur Gras

(208 Seiten – **Roman** -   ISBN   9783738606584)

Schafe brauchen auch mal Urlaub

(208 Seiten – **Roman** -   ISBN 9783739241074)

Schaf-Geschichten aus dem schönen Vinschgau

(Südtirol/Norditalien -   ISBN 9783837079241)

Sheep Fight For Freedom

(in Englisch – **Roman** -   ISBN 9783741279713)

vier letzte Tage im Februar

(ein **Kriminal** – Roman - ISBN   9783743195417)

Eine falsche Badehose im Haifisch – Becken kann tödlich sein

(ein tödlicher **Kriminal** – Roman aus dem Bereich

der Finanzen und Bilanzen -   260 Seiten)

(ISBN 9783744835091)

Ruhe sanft oder wie ich im Keller endete

(eine A k t e erzählt aus ihrem Leben

- locker und fröhlich erzählt –

endlich mal ein Behörden-Verfahrens-Gang,

den auch jeder versteht, auch wenn er noch nie

etwas damit zu tun hatte)

ISBN 9783744895286)

Irland und ein etwas anderes

Irisches Tagebuch

(ein farbiger Reisebericht -

ISBN 9783744837996)

Schottland und ein „etwas anderes

Schottisches Tagebuch"

(ein weiterer farbiger Reisebericht -

ISBN 9783746012582)